阅读即行动

Richard Brautigan

天上掉下个大草帽

一部日本小说

Sombrero Fallout

A Japanese Novel

[美] 理查德·布劳提根 著　　刘博宁 译

北京联合出版公司
Beijing United Publishing Co.,Ltd.

——这部小说献给写出《钥匙》和《疯癫老人日记》的谷崎润一郎。

目录

大草帽 1
日本女人 5
鬼魂 7
水手 9
橡皮擦 10
呼吸 11
郊县 13
折纸 14
女孩 15
镇长 17
浆果 19
汉堡 21

职业生涯 23
工作 25
扫帚 26
酒吧 30
呼吸 34
幽默 36
未来 39
锁 42
公寓 46
一寸寸 49
书 51
眠 54
葬礼 56
冬天 58
哭泣 60
黑色 62
衣服 64
启示 67
电流 69

金枪鱼 71
人群 75
牛油果 81
西雅图 84
暴乱 89
鸡蛋 96
火车 98
避难所 99
培根 101
阴影 104
万花筒 105
死 108
温度 110
书页 111
事故 113
七月 115
取代 118
蜘蛛网 120
杠铃 124

桥 127
肯尼迪角 130
头发 131
耳朵 133
溺水 141
列车长 143
M－16 145
柠檬水 147
鼻子 149
飞碟 151
提琴 154
梅勒 156
电话 159
逻辑 161
飞行员 163
女招待 165
春天 167
爱 169
衣服 172

沉默 176
玩偶 178
沙扬娜拉 179
总统 180
紧急情况 182
喇叭 184
头版头条 186
午睡时分 188
坦克 189
理发店 191
亲笔签名 193
祖母 195
林肯 198
白色 200
影院 201
日本 204

大草帽

“天上掉下一顶墨西哥大草帽，掉到了一座小镇的主街上，掉在镇长和他的堂兄还有一个无业游民跟前。空气干燥而清新，晴空如洗，一片湛蓝。那是一种人类瞳孔般的蓝，一种在等待什么事情发生的蓝。大家的头顶上既没有飞机或直升机划过，这天也不是什么宗教节日，因此一顶大草帽从天而降简直是莫名其妙。”

第一滴眼泪就在这时在他右眼中积聚起来。他要流泪总是从这只右眼开始。左眼也立刻跟上了。他要是自己察觉到右眼先哭这件事估计也会觉得好玩。只是左眼实在是跟得太紧了，他根本搞不清到底是哪只眼睛先开始流泪的。不过的确是右眼，他要流泪总是从这只右眼开始。

如果说可以用捕捉一则微信息的能力去定义所谓敏锐的话，那么可以说他相当敏锐，只是还没有敏锐到能察觉是哪只眼睛先开始流泪的。

“那是顶草帽吗?”镇长开口问。全世界的镇长们总是率先开口，尤其是在他们发现自己再也爬不到比一个小镇镇长更高的位置上以后。

“是的。”他的堂兄说道。这位老兄也很想当镇长。

而那个无业游民则一言不发。他想先按兵不动，观察看看这股风到底往哪儿吹，毕竟在美国，失业可不是什么好玩的事。

“从天上掉下来的。”镇长抬头看着一碧如洗的天空说道。

“没错。”堂兄接话道。

那个无业游民还是一言不发，因为他想找个工作干——哪怕找工作这件事希望渺茫，他也不想开口乱说话把这点希望都破坏了。还是把话都留给大人物来说比较好。

于是这三个人开始四处寻找关于一顶大草帽从天而降的线索，但是就连那个无业游民也可以说毫无头绪。

这顶草帽看起来簇新无比。

它就这样直直落在了街心，帽冠朝着天空。

尺寸：七又四分之一码。

“为什么会有帽子从天上飞下来啊?”镇长问道。

“我也不知道。”堂兄答道。

而无业游民则在想这帽子是不是正好可以戴在他头上。

现在两只眼泪都开始流泪了。

天啊……

他把手伸到打字机里，像殡仪馆工作人员给棺材里的死人收拾遗容一样取出一张纸，上头有所有已经被写在那里的句子，但就是没有他自己的哭声。他甚至不知道自己在哭，因为他最近实在是哭得太多了，好比你在不渴的时候随便喝了一杯水，喝完以后你根本不会记得。

这张纸写满了你刚才读到的那个有关大草帽的故事。而他则仔仔细细地把这张纸撕成了无数小碎片，然后扔到了地上。

明天早上，他会从头来过，写一些和大草帽从天而降毫无关系的东西。

他的工作就是写书。他是一个大名鼎鼎的幽默作家。走遍美国，基本在每家书店你都能找到最起码一两本他的书。

那他到底在哭什么?

这样的名气还不够吗?

答案很简单。

他的日本女友走了。

她离开了。

这才是他的眼眶中涌出眼泪的原因。除了那些哭声，他几乎什么都想不起来了。自从那个日本女孩离开以后，哭泣就是他的日常生活。

有些日子他实在是哭得太厉害，恍惚中以为自己只是做了一场梦。

日本女人

雪子睡着时，她的头发也总是长长地、相当日本地睡在她身边。她并不知道自己的头发也正陷入沉睡。连身体的蛋白质都需要休息。不过她从没这样想过，她的想法总是很简单。

她在早上梳她的头发。

这是她起床以后做的第一件事。她总是很仔细地梳理自己的长发。有时候她会把头发盘到头顶，梳成一个经典的日式发髻。有时她也会让一头长发自然垂落，一直垂到屁股。

这是旧金山的夜晚十点多。来自太平洋的雨珠敲打着她床边的窗。她没有听见，她睡得很沉。她的睡眠总是很好，有时会睡一个十二小时左右的长觉。她享受着睡眠，就像真的进行了一次散步或是做了一顿美餐一般。是的，她也享受美食。

就在他把那张写满了关于从天而降的大草帽的故事的纸撕成碎片的时候，她睡得正熟。而她的头发与她一起入眠：长长地、黑黑地陪在她身边。

她的头发正梦见自己在一个清晨被悉心打理。

鬼魂

他盯着地板上那堆有关大草帽无缘无故从天而降的碎纸片，不知怎么的，看到这些纸片，他哭得更厉害了。

他想：她和谁睡在一起呢？他的眼泪夺眶而出，争先恐后地顺着他的面颊流下，仿佛眼泪们也正在参加一场哭泣的奥林匹克运动会，而金牌近在眼前。

他想象她和另一个男人分享着一张床。这个存在于他想象中的情人没有具体的身体、发色甚至五官。那个想象中的她的情人没有骨头与血肉。这个被他放在她床上的男人只是一个幽灵般的能量体，一个长着阴茎的幽灵。

如果他知道她只是一个人入睡的话，他可能会哭得更厉害。因为那只是让他更为伤心而已。

水手

他得如何度过这余下的漫漫长夜？这是十一月的夜里十点一刻。他不想看十一点的新闻。他不饿。他也不想喝点儿。他知道如果他试着去读会儿书，书页会在他的眼泪中沉浮。

他想着她和别人做爱。他忍不住去想另一个男人，一张无名无姓的脸，用阴茎进入了她的身体。他想着她在另一个男人的鸡巴的重压之下呻吟和扭动。这些想法对他没有任何好处，但是他紧紧地抓住这些念头，像一个溺水的水手在看不见地平线的茫茫大海中间抓住了一块小舢板。

他低头看了看脚边的碎纸片。到底为什么一顶草帽会从天而降？这些被撕碎的纸张再也不能诉说原委了。他在地板上这堆纸片中坐了下来。

橡皮擦

那个日本女孩仍然沉沉睡着。

雪子上床睡觉时非常疲惫。这一天相当难熬。工作时她只想回家倒头就睡。而现在她就在家中沉沉地睡着。

她做了一个关于童年的小小的梦。这是一个她清晨醒来时就会遗忘，一个她永远不会再记起来的梦。

这个梦永远地消逝了。

在她正梦见它的那一刻，它已经消逝。

一个梦，发生时就已经擦除了自己。

呼吸

第一次见到她是在旧金山，那个晚上他喝得烂醉。她刚下班，和几个同事一起去了酒吧。她不喜欢喝酒，作为一个典型的日本女孩，她酒量一般。而且她也不喜欢酒精穿过身体的感觉，这会让她头晕目眩。

所以她不常去酒吧。

那晚她下班后已经很累了，但是她的两个同事把她劝来了这家年轻人聚集的本地小酒吧。

那晚他一如往常喝得醉醺醺的，坐在酒吧的高脚凳上转过身时就看到她坐在那儿，穿着一身制服。那时他怎么会知道两年后他会坐在地板上，身边洒满了写着天上掉下个大草帽的碎纸片。现在他的眼泪汹涌而下，像山间溪水。再也没有去处了，只是活着都叫他喘不上气。

郊县

雪子翻了个身。

就这样简简单单地翻了个身。

她的身体动起来是那么小。

她的头发跟在身后，在她翻身时正梦见她。

一只猫，和雪子同床共枕的猫被她的动静惊醒，看着她在床上慢慢翻身。她安静了下来，猫也继续睡了下去。

那是一只黑猫，像她头发的城池中延伸出的一片郊县。

折纸

他捡起了那些写满了大草帽的故事的碎纸片，把它们都丢进了空的废纸篓里。纸篓那么深，那么黑，好像无底洞。但是那些白纸片奇迹般地掉到了底部，躺在里面发出微光，如同一件被翻倒的折纸作品，被那片深渊轻轻拥住。

他不知道她只是一个人入睡。

女孩

一定会有办法的。

他知道该做什么了。他给一个女孩打了电话。女孩发现是他打来的电话很快活。“你给我打电话我真的很高兴，”她说道，“你要不要来我这里？来和我喝一杯。我想见见你。”

她家距离这里只有四个街区。

她的嗓音里总有一种浪漫的意味。

他们多年来保持着时断时续的情人关系。她很擅长做爱。她读过他所有的书，而且够聪明，因为她从来不和他聊起这些书。他不喜欢和人聊自己的书，她就从不问东问西，但是她的书架上摆满了他的书。他喜欢她拥有他所有的书，但是更喜欢她在这五年的情人关系里从来没有开口问过他一句关于那些书的事。他写，她就读。他们倒是厮混了不少次。

她长得不算他喜欢的类型，但是用别的方面弥补过来了。

“我想见见你。”她在电话里说。

“我马上就到。”他说。

“我再去把火烧旺一点。”她说。

他现在感觉好多了。

也许一切还不至于绝望。

他穿上外套准备出门。

但实际上他根本什么都没干，他只是在脑海中幻想出了这一切。这一切都不是真的。他既没有去打电话，也根本没有这样一个女孩。

他还是盯着废纸篓里的碎纸片。他死死盯着这些纸片，它们似乎已经有了自己的生命，和深渊交上了朋友。它们做出了一个重大决定：离开他也要继续生活下去。

镇长

“为什么会有帽子从天上飞下来啊?”镇长问道。

“我也不知道。”堂兄答道。

而无业游民则在想这帽子是不是正好可以戴在他头上。

“这事不简单,”镇长说道,“让我看看那顶帽子。”他朝着帽子打个了手势,堂兄立刻伸手把帽子捡了起来,因为他也想当镇长。当他的名字在未来某天出现在选票上时,现在捡起的这顶帽子也许会给他带来一些政治上的助益。

镇长可能会愿意为他背书,在大型集会上说:“我是个好镇长,你们已经让我在这里连任六届。

但我知道我这位堂兄也会是一个了不起的好镇长，他会继承我们社区诚实的传统，展现出他的领导力。”

没错。捡起这顶大草帽肯定错不了。

他做镇长的希望都寄托在这顶帽子上了。

他可不能当个傻瓜，说什么“你自己去捡，你以为你是谁啊？我来这个世上不是来给你捡帽子的”。

浆果

天气炎热，但是那顶大草帽却冰凉无比。堂兄摸到帽子就像触电一样立马缩回了手。

“怎么了?”镇长问道。

“这顶帽子太冰手了。”堂兄答。

“你说什么?”镇长说。

“实在太凉了。”

“凉?”

“冰一样凉。”

那个无业游民紧盯着大草帽。他觉得这顶帽子看起来一点也不冰手。不过他能知道什么呢?他连个工作都没有。如果他能找到一份工作，或许这顶草帽就会看起来变得冰凉。也许这就是为什么他找不到工作。他哪怕死死盯着一顶草帽也一点儿都看不出它是冰冷的。

他的失业金一个月前就用光了。他现在只能吃那些在附近山脚下摘到的浆果充饥。

他不想吃浆果了。

他想吃汉堡。

汉堡

无业游民的脑袋里很快就有了一个主意。那顶大草帽还躺在街心。镇长的堂兄没能把它捡起来。他试着去捡的时候就如同被蜜蜂蜇了一样跳了回去。

大草帽就躺在那里。

也许这个失业的家伙把这顶帽子捡起来交给镇长，后者就会赏他一份工作，这样他就不用继续吃浆果了，他可以吃很多很多的汉堡。

他又看了一眼街心躺着的那顶草帽，想到放了很多洋葱和番茄酱的汉堡的滋味，他的口水都要流出来了。

他不能错过这个机会。

如果他没能把这顶草帽捡起来交给镇长，他可能永远找不到工作了。

浆果季过去以后他该怎么办?

想想就可怕。

连浆果都吃不上了。

虽然他现在恨死了吃浆果，但总归比什么都没的吃要好。连浆果都没了他还能吃什么?

这顶躺在街心的大草帽或许是他最后的机会。

职业生涯

“镇长，我来给你拿帽子。”他说着就弯腰去捡大草帽。

“不不不，还是我来捡。”镇长的堂兄说道，他突然意识到如果他不捡起这顶帽子，或许这辈子也当不上镇长了。

这个连工作都没有的浑蛋是谁啊？竟然也想捡起这顶帽子，想毁掉他的政治生涯吗？他是不是也想做镇长？即便这顶大草帽冰凉刺骨，他也不会让这个狗娘养的东西捡起它来然后当镇长。

我怎么没有第一时间把它捡起来呢？堂兄想着，这样就不会发生接下来这些事了，一顶冰手的大草帽也不会拿你怎么样。只不过是吓人一跳罢了。只是这样而已。他只是没料到一顶草帽能这么冰凉，所以才跳了回去。谁能想到一顶草帽会冰凉刺骨？任何人摸到这顶帽子都会和他一样吓一大跳。

堂兄忽然间恨极了那顶大草帽，因为它让他出尽洋相。如果他想自己也当上镇长，那就得把那顶帽子捡起来交给镇长。而如果他做不到，那他的政治生涯就到此为止了。

该死的破帽子！

工作

那个无业游民看到镇长的堂兄突然间急着要捡起那顶帽子也慌张了起来。他很清楚，如果他这会儿不能把这顶帽子交到镇长手上，他这辈子也找不到一份工作了。

镇长的堂兄为什么也非得来捡这顶帽子?

他明明有一份工作。

他的手上可没有沾满浆果渍。

扫帚

当然了，这位心碎的美国幽默作家对废纸篓里的这些碎纸片后来的经历一无所知。他不知道它们已经有了生命，即便离开了他，也继续书写着自己的故事。他只为失去了他的日本爱人而痛心不已。他也想过给她打一个电话，告诉她，他还爱着她，他愿意做任何事情，只求她能回到他身边。

他看着电话。

她和他之间现在只有七个数字的距离。

他只需要拨下那些数字。

然后就可以听到她的声音了。

她听起来一定很困倦，因为他肯定会吵醒她。

她的声音听起来肯定很遥远吧，一个来自京都的声音……虽然她就住在旧金山里士满区，离他仅有一英里①。

“喂?”她接电话了。

“是我。能谈谈吗?”

“不行。我和别人在一块儿。我们之间早就结束了。别再打电话过来了。你打电话过来他会生气。”

“什么?”

“我爱上他了。他不喜欢你打电话过来。不要再打过来了，明白吗?”

她挂断了电话。

他对她魂牵梦萦，而她此刻却一个人睡在床上，身边窝着她的猫。她睡得很香。一个月前他们分手以后，她再没有和任何人上床。她甚至都没和任何男人出去约会。她的生活就是工作，回家，做做针线活，读读书。她正在读普鲁斯特。

---

① 1英里约等于1.61公里。

她也不知道自己为什么会去读普鲁斯特。有时候她还会邀请哥哥嫂子到家里一起看看电视。

和他分手以后，她的生活过得相当平静。她一边忙着手头的事，一边思考着人生。她二十六岁了，想好好厘清自己的生活。和这位幽默作家交往的两年时间里，她不知从何时起就渐渐迷失了自己的存在，也不知道自己到底想要什么样的生活。这位幽默作家从她身上吸取了大量的能量。她必须不停地用自己的安全感与稳定的精神状态去安抚他的不安与神经质。这样的日子过了两年，她已经不知道自己到底是谁了。一开始，她只是想和他在一起，组成家庭生儿育女，过上普普通通的生活。

但是他的神经质让这一切都不可能了。

大概在一起一年以后，她就意识到爱上这个男人对她而言不是什么好事，但是她还是花了几乎一年的时间去结束这段关系。现在她真的很庆幸一切都结束了。

有时她也会问自己当时怎么会允许这种情况

维持了这么长时间。

“下次恋爱我一定要非常小心才行。”她告诫自己。她还向自己默默许下一个势必要坚守的诺言：再也不和任何一个作家约会了。无论他们多迷人、敏感、有创造力或者有趣，从长远来看，在他们身上花时间都很不值得。和他们在一起要付出的情感代价太昂贵，维护保养也非常复杂。他们就像一台经常坏掉的吸尘器，只有爱因斯坦才能修好。

她希望下一任男友是一把扫帚。

酒吧

他看了看表，已经十点半了。他不能打电话过去，因为他很清楚她正在和另一个男的厮混在一起：享受着他的肉体，在他身上轻轻呻吟……爱着他。

一声叹息像身体上有一场台风过境。他坐到了沙发上，想厘清这一切。她的影子在他的脑海中不停翻滚，像千百块拼图碎片在洗衣店的烘干机里翻搅。

有那么一会儿，他的脑中同时浮现出了过去、现在和未来，对她的思念总是没什么固定的形式。紧接着他想到她的头发，她的头发就是他悲伤的主旋律。他一直很喜欢她的长发，不知道为什么这让他深深着迷。他想着她的头发，她长长的、黑黑的、具催眠效果的头发……关于她的拼图碎片开始拼凑在一起，让他回忆起最初的相遇。

两年前天正下雨。

她不是很常去酒吧。

那晚她下班后已经很累了，但是她的两个同事把她劝来了这家年轻人常来的小酒吧。

他待在那儿百无聊赖。他经常觉得无聊，也常常不假思索地向别人抱怨他的无聊。他用一种苦涩的幽默感来忍受这份无聊。

那晚他一如往常喝得醉醺醺的，坐在酒吧的高脚凳上转过身时就看到她和另外两个女人一起坐在那儿。她们都穿着白色的制服，看起来刚刚下班。

她很美。

她的头发盘在头顶，梳成了一个经典的日式发髻。她几乎完全没动面前的酒。她在听另外两个女人讲话。她的一位同事滔滔不绝说了许多，也喝了不少面前的酒。

而亚洲女孩则十分安静。

他盯着她看了一阵，她也回过头看了几秒，然后继续背过身听她同伴说话。

他想知道她有没有认出他来。有时候女孩儿们会认出他来，这对他很有利。毕竟他的书广受欢迎，在书店里很容易买到。

他又回到吧台点了一杯酒。他得好好想一下。清醒时他其实是一个非常害羞的人。他必须得先把自己灌醉才敢去和女孩搭讪。他一边喝酒，一边思量自己有没有醉到那个份上，让他可以走到那个亚洲女孩的桌边，试着去结识一下。他又回头看了看那个女孩，而她也在看他。他慌张了起来，又回到吧台边，两只耳朵羞得火烫。

不行。他还没醉到可以去和她搭讪的地步。

他向走过来的酒保打了个手势。

“再来一杯?”酒保看着他面前那杯只喝了一半的酒问道。

“要一杯双份威士忌。”

酒保相当称职，面不改色地去拿威士忌。等

他回来时，幽默作家已经喝完了剩下的半杯酒。一分钟后，那杯双份威士忌也已经下去了一半。这位幽默作家两口就把双份威士忌喝成了单份。

他能感觉到那个亚洲女孩在看他。

“她读过我的书。”他想道。

然后他把面前的酒一饮而尽。

这些威士忌好像流入了一口没有底的深井，没有发出任何声响。它存在的唯一证据就是现在他终于有勇气站起来，走到那个女孩儿桌边开口问，“你好，我可以坐过来吗?”

呼吸

另外两个女人停止了交谈，抬头看着他。

这个亚洲女孩也非常仔细地打量着他。

他从没有被一个亚洲女人这样仔细地打量过。她的眼睛黑而细窄。有那么一瞬间他甚至怀疑她的眼睛这么狭窄，能不能和白人一样看清楚这个世界。这个念头一闪而过。不过在后来的两年里，这个想法又反复冒出来。有时候他会想，她能不能看到房间里或者是任何他们所处的地方的一切。也许她只能看到事物的百分之七十五。

这是一个孩子才会有的念头。

除了在旧金山附近的唐人街、日本城这些地方见过一些亚洲女人，他从没和亚洲女人打过交道。她的眼睛里闪烁着一些别的女人看向他时所没有的东西。

他知道那是什么。

他稍稍松了口气。

“请坐吧。”她说道。

他坐了下来。

从她眼睛流露出的神色中，他就知道一切进展得不错。她的呼吸发生了一些微妙的变化，她的呼吸变得略微急促了起来。她呼吸的加快让他很高兴。

上鸡尾酒的服务员走了过来，他点了一轮酒。然后他们在桌边交换了彼此的姓名。

她是个日本女人。

幽默

另外两个女人都不喜欢他。

她们都没读过他的书。这就会导致见到他时会有相当不同的态度。他长得不算好看。他的性格虽然颇有吸引力，但也显得古怪。他总是任凭多变的情绪支配着自己。有时他话实在太密，有时候他又一言不发。喝醉酒以后总是话很多。不喝酒的时候，他在人前又十分害羞拘谨，让人很难真正了解他。有些人认为他很有魅力，有些人却觉得他完全是个浑蛋。真相可能是他就处于二者之间，两种特质他各占一半。

他作为幽默作家而在国内名声大噪。这事挺有意思，因为如果你见到他本人，你注意到的第一件事就是他根本就毫无幽默感。

每当别人被什么东西逗乐，他总是一脸困惑。有时一些特别聪明的家伙会觉得这种反差很有意思，他们可能回过味来又笑出声。这下他就更困惑了，同时也觉得十分不适。他有着敏锐的洞察力，但是他永远搞不清这件事。他从未意识到人们笑他是因为他竟然毫无幽默感。他觉得自己是一个非常有趣的家伙，因为他写书够好玩。他没有意识到，别人在哈哈大笑的时候，他却常常流露出一副迷惑的样子。他告诉自己别人只是在因为一些圈内人的笑话而发笑，所以也就不以为然了。

没有幽默感就是他性格中最大的缺陷之一。如果他能笑对生活，也许会活得更快活一些。

哦，对了，还有一件趣事：他写出那本后来被人们称赞为本世纪最棒的幽默作品时，自己完全没有笑出声过一次。连浅浅的微笑都不曾有过。

另外两个女人都不喜欢他。

真不错。

日本女人就很不幸了。

她喜欢他。

未来

“镇长，我给你捡帽子。”无业游民说着，弯腰去捡那顶大草帽。他根本不相信会有什么神迹，所以这是他能抓住的在这颗星球上找到工作的最后机会。他不想针对什么人，但是他很清楚天堂里不可能有工作等着他，因为根本就没有天堂。

这顶躺在街心的草帽是他最后的希望。

“不不，放着我来。”镇长的堂兄赶忙说，他突然意识到如果他不捡起这顶帽子，他这辈子也当不上镇长了。他的政治生涯会毁于一旦。这样下去，美国总统的宝座对他而言就变得更遥不可及。他永远不可能和那些华盛顿的大人物打上交道了，也永远没办法在镇上发表国庆日演讲了。

这顶大草帽决定了他整个的未来生涯。

虽然搞不清他们的动机，但是镇长还是被这两个人突然谄媚无比的样子逗笑了。镇长是一个很出色的小镇政治家。

“不行！”无业游民大声喊道，“我来拿帽子！”

“你别碰帽子！”堂兄大声回道。

这两个伸手去够草帽的人都突然停了下来，被自己流露出的狂热吓了一大跳，彼此面面相觑。

镇长正打算开口：“你们别吵了。都怎么了？你们俩是白痴吗？不过是一顶帽子而已。”

这样就足以立刻中止这场斗争。无须国民警卫队出动，也不用调动伞兵、空军或是坦克，生活就是这么简单。总统不会到电视上发表演讲去谴责即将到来的行动，美国也不会受到联合国第三世界国家特别委员会的抨击。

最重要的是，美利坚合众国和苏维埃社会主义共和国联盟之间也不会爆发世界级的大警报。

是的，世界不会面临核战浩劫——只要镇长

说："这不过是一顶帽子。都退后。我自己来捡，再冰手我也要捡，一顶帽子还能拿你怎么样。"

锁

一个小时以后，这个美国幽默作家紧张到甚至打不开自己公寓的大门。他紧张到几乎一下清醒了过来。他简直不敢相信这个漂亮的日本女人现在就和他一起站在公寓大楼的门厅里，等着他开门走进这间公寓。

她就站在那里，相当有耐心地看着他。

锁出了点问题。

他简直不敢相信。

这个破锁！为什么偏偏挑这个时候！

之前从没发生过这样的事。

“锁出了点问题。”他一边说，一边笨拙而大幅度地摆弄着手里的钥匙。

她一言不发。这让情况更糟了。他希望她至少可以说点什么。当时他还不知道，她只有在有东西必须要说的时候才会开口。她说话直截了当，掷地有声，几乎从不闲聊。

虽然她既聪明又很有幽默感，但她就是不爱说话。其他人在她身边都会感到惊讶，因为她真的可以一晚上都不说一句话。她只在有话要讲时才开口说话。她是个聪明的倾听者，会在听到那些敏锐而富有见地的观点时点头或者摇头。她也总能在恰当的时机笑出声来。

她的笑声动听极了，像雨水倾泻在银子做成的水仙花上。大家都喜欢和她说一些有意思的话，实在是因为她的笑声太迷人了。

别人说话时，她会用自己那双狭长而善解人意的眼睛深深地看着他们，仿佛世界上只剩下他们说话的声音，仿佛一切会发出声响的东西都从人类的耳朵中消失了，而天地之间只剩下他们的嗓音。

她没说什么，只是轻轻地从他手里接过了钥

匙。交接钥匙时，他们的手轻轻碰到了一起，这是他们第一次触到彼此。她的手很小，手指却很纤长，透露出一种惊人的平静。

在酒吧以及在回他公寓的一路上，他都没有触碰过她。后来他们有过无数次亲密的接触，而这是头一回。她轻柔而准确地把钥匙插进了门锁里。她转动钥匙。门开了。她把钥匙递还给他，他们的手再次触碰到一起。他觉得自己的心脏都要从胸腔中跳出来了。这几乎是他经历过的最色情的时刻。

他们分手后，有一小段时间里他经常手淫。他经常把她静静地从他手里接过钥匙打开门，然后再把钥匙放回他手里作为自己的性幻想主题。

每每到了当她开了门、把钥匙递回他手里的场景他就会高潮。他躺在床上，精液像一片古怪的马尾藻海一样射在肚子上。他大概这样手淫了五六次，后来就不再继续了，因为他意识到如果这样继续下去他就完蛋了。他知道人生没有什么大团圆结局可言，但至少他不想用这种方式结束自己的一生。

哪怕是一枪崩了自己，可能也好过让一生就如一道画满手淫图的纸拉门似的定型。

有一次他在夜里哭了好几个小时，因为他太想手淫了。在这个世界上他最想做的事就是一边想象着她拿走钥匙、打开门、把钥匙还到他手里的场景一边手淫。他后来哭得筋疲力尽，但是坚持住没有手淫。无论这有多痛苦他都不能继续了，因为再这样下去他就完了。甚至有一次，他在啜泣时隐约得见异象——那是他自己的墓碑。如果他继续想着她手的抚摸、她拿走又还回钥匙的这份回忆然后一直自慰个不停，他的墓碑上会写什么？

一个美国幽默作家
1934—2009
安息吧，
他再也不能打飞机了。

公寓

“你的公寓很漂亮。”她夸赞道。她这话说得郑重其事，让他有点吃惊。他再次环顾了一番自己的公寓，想看看自己在这住了五年是不是错过了什么重要的东西。不过一切看起来还是老样子。

“谢谢。”他回应道。

她没说什么，随意坐到了沙发上。

他以为她会说点别的什么。这个念头来得没什么缘由，但他还是忍不住这样去想。事实上他花了太多时间去想这些有的没的。他的思绪常常因为一些最简单的事而炸成一团爆米花。

她还是一言不发。

他看向她的嘴唇。她的嘴巴和五官的其他部

分一样小巧玲珑。她的皮肤几乎是透白的。有些日本人的肤色相当白皙，她就是其中之一。他再次怀疑她能不能用她那双狭长的眼睛看清楚房屋内的一切。

她当然可以。

然后他问了一个心底早有答案但是他还是要问的问题。每当他问女人这个问题，她们会用一种他可以预料的方式给出回答，这让他在和女孩儿们打交道的时候信心大增。

“你读过我的书吗?”

他等着她开口答“是”。他已经可以在心里听见她回答“是”的声音了。她的嗓音很动听。她说“是”的时候一定很美妙。这样他也会更有信心。

所以当她只是简单且优雅地点了点头，目光却没有离开他时，他的大脑陷入一片空白。这是他最不希望得到的反应。他没有任何处理这种安静局面的后备机制。他只能站在那里傻傻地看着她。他脑袋里所有的念头就像大萧条时期从银行中逃窜出来的劫匪一样四散而空。他就这样站在那儿，什么事都没发生但他觉得仿佛已经过去了十年。

她抬起了一只交叠在膝上的手，伸出了细长而白皙的手指摸了摸自己的下巴。她脸上的神情没有什么变化。她的手指只是轻轻扫过下巴，然后她的手又放回了膝上。

自她坐到沙发上以后，视线就没从他身上离开过。

他从没有被一个女人这样久久凝视过。他长得相当一般，但是她看向他的眼神却让他觉得自己似乎相当帅气。

一寸寸

“我来捡帽子。”镇长一锤定音。但为时已晚。

“不行!”堂兄和无业游民异口同声道。他们俩绝不希望镇长自己捡起那顶大草帽。那意味着他们俩职业生涯的终结。如果镇长碰到了那顶帽子，他们的生活从此以后就再没有任何指望了。前途一片暗淡。一个人再也不可能当上镇长而另一个家伙则再也不可能找到工作了。

“阁下，让我给您拿帽子，”镇长的堂兄说道，“不能劳驾您弯腰屈膝捡帽子。让我来捡。您是尊荣的镇长，这种小事怎么能麻烦您亲自来做。您有更重要的事要办。”

镇长堂兄开始滔滔不绝起来。

他也许真的能成为一个不错的镇长，或者可以做一个出色的美国总统。历史学家会把他的重要性排在托马斯·杰斐逊和哈里·杜鲁门之间。没错，他绝对大有前途。

不幸的是，他还是没能盯住那个无业游民。后者正悄悄地、时不时一寸寸地朝大草帽慢慢挪动。在镇长堂兄滔滔不绝地演讲之前，他俩和那顶帽子的距离差不多。而现在无业游民已经取得了将近九英寸[①]的优势。

堂兄需要一个竞选助手在他作演讲的时候帮他盯着他的利益。比如在现在这种局面，这九英寸的未来是寸土必争。慷慨陈词固然重要，但是如果你却因此城门失守，那么那些华丽的辞藻就什么也不是。你的整个未来都取决于你能不能捡起一顶大草帽，而你却在发表演说时痛失九英寸距离，那就完全划不来了。

---

① 9英寸约等于27.56厘米。

书

“我喜欢你的书，”她说道，“不过你应该已经知道了。”

他愣住了。他只是站在那里看着她，等她再说点别的什么。可是她没有。她只是微笑。她的微笑是如此微妙，连蒙娜丽莎在她面前都像是小丑在表演。

“喝点儿吗？”他问道，仿佛灵智突然从天外神游归来。没等她回答，他径直走进了厨房，拿了一瓶白兰地和两个玻璃杯。他拿酒多花了点儿时间，因为他站在厨房里，思索下一步到底该做什么。

他真的很想和这个安静又漂亮的日本女人上

床，而她现在就如有神助般坐在他公寓的沙发上。这是他之前想都不敢想的。他要怎么做才能达成目的？对他而言，她的诱惑就像是一幅异域情调的拼图。

拼图的碎片就像云朵在他的脑海中飘过，但是他却什么都拼凑不起来。他接下来该做什么？

他突然异常沮丧，心中的阴云化为一种绝望的感觉。他叹了口气，走回房间。

那个日本女人已经脱掉了鞋袜，双腿优雅地交叠在一起盘坐在他的沙发上。这是一个类似冥想的姿势，还有点儿性感。是的。性感如同夏日的一阵清风拂过她的身体。

她竟然把鞋袜都脱了坐在沙发上，这叫他始料未及。眼前的图景是他万万没想到的。刚才在厨房，他想勾引她的念头都化为绝望。

看到她坐在沙发上，他的想法完全改变了。他一下就放松下来。所有勾引的念头都没了。他变得非常平静。他把白兰地酒瓶和两个玻璃杯都放在桌子上。他没有给自己倒酒，也没给她倒酒。

他只是把酒瓶和酒杯放在了桌子上，然后他走到了沙发边，在她身边坐下了。他伸手握住了她伸向他的手。

他把她的手轻轻握在手里。

他仔细地观察着她的手指，仿佛之前从没见过人类的手指一般。她的手太美了，他完全被迷住了。他再也不想放手了。他想永远握住她的手。

她的手在他的掌心收紧了。

他从她的手一直看向她的双眼。

这双眼睛是狭长而幽暗的空间，充满一种深远的柔软。

“你不用做什么。”她说，她的声音纤薄，却蕴藏着一种力量。他明白了为什么一只茶杯可以穿越几个世纪，穿越人类动荡的变迁史而不易其身。

“很抱歉。”他说。

她再次微笑起来，目光却越过了他的脸，看向了他摆放着床的卧室。他没有再多说什么，只是起身带她去了那个房间。虽然他牵着她的手走在前面，但是她才是主导这一切的人。

眠

他们在他床前停住了，他松开了她的手。他们站在那里好几秒没动，只是看着那张床，仿佛那是一扇门。没错，那就是一扇门，通往一栋有着诸多房间的屋子，而他们后来两年就在一起探索着这些不同的房间。

而在这些屋子中的最后一间里，今夜她独自入眠，再也不想看见他。她的长发就躺在她身边，正做着自己的梦，回荡着那些完全由蛋白质构成的存在。在那里，我们的灵魂可以拥有不同的维度，发挥各自不同的作用。

然后这个瘦小的日本女人在睡梦中翻了个身。但与其说是翻身，不如说她飘动了一下。她睡着了如同五月初的一朵苹果花，在绝对静谧的空气中轻轻飘落在地上。除了那朵落到地上就不再飘动的花，没有任何别的东西发出响动。

它就躺在那里，像一朵地上开出而非天上飘落的花。

她身边的猫咪嗓子里咕噜了一会儿，然后就忘了自己在追什么，又安静下来。

旧金山有七十万人。

也许有三十五万人正在安眠。

他们的睡眠也渴望被如此关注。

但他们永远也不可能得到这种关注。

葬礼

定定地看了一会儿床以后，她伸手解开了一个金色的日式发夹，把头发放了下来。她的脖颈纤长而秀白，微微弯曲的弧度像大理石细腻而精美的纹路。

这位美国的幽默作家就这样看着她把头发散开。

当她解开发夹的时候，她的头发向身后飘散开，好像一片纯然的夜色降临在她的脖颈后。

她的头发很长，几乎垂到了她白色制服腰间系着的皮带上。她的皮带也是纯白的。她的一身装扮和她白皙的肌肤相得益彰。

她的存在如同白日与黑夜在此交会——大多数时候属于白日，而那少数的黑夜则隶属于她狭长的眼睛和毫无星彩的夜色般浓郁的黑发。

她转过身来，如同清晨草地上的露水般轻轻捧着他的脸，让他的脸甜蜜地垂下来，直到他们的嘴唇紧紧相贴。

然后她双手从他脸上挪开，像开路的先锋队一般落在他的胯部。

他觉得自己马上就要心脏骤停。

他的脑中已经闪过了自己的葬礼。

那是一场很美妙的葬礼。

他在自己的葬礼上看到了这个美丽的日本女孩，她戴着一条相当衬她黑眼睛的面纱。

他的棺材被抬进坟墓时，她就走在棺材前方。她与棺材以及两边的护灵人保持着一致的步伐节奏。他的这场葬礼如同河流汇入永恒。

停不下来。

他们已经走过了他的坟墓。

他们没有在那个敞开的大洞前停留。

在她的带领下，他们只是继续前进，直至永远。

冬天

镇长的堂兄紧急踩了一脚刹车停止这场演讲。他意识到在他对着镇长口若悬河溜须拍马之际，那个无业游民已经在试图一寸寸地靠近那顶大草帽了。

“你要往哪儿走?”他对着自己的帽子政敌问道，“你他妈的在往哪儿走呢?”

“我需要一份工作!”无业游民大喊道，“我不可能一辈子吃浆果过活吧！冬天马上来了！我要吃汉堡!”

“朋友们，”镇长开口了，因为他察觉到眼下的情况可以说是间不容发，“怎么回事?”

两人都朝着大草帽跨出了一大步，正打算再

迈出一步呢，镇长忽然厉声喝止：“停下来！”

两人都停住了。

如果镇长发火生气，那他们根本就没必要再去争夺那顶大草帽了。那样的话一切都完蛋了。他俩永远当不上美国总统也永远找不到工作了。未来恐怕还有吃不完的浆果。把帽子捡起来递给镇长本来应该是一件让他高兴的事才对。

两个人的脚都黏在了地上。他们不打算继续走了。他们都在观望事态的进一步发展。镇长已经把他俩控制于股掌之间了。

“不过是一顶草帽。”镇长说道，他的声音越来越平静，带着一种施舍的语气。“它只是一顶帽子而已，”他几乎是低声耳语般重复道，“我自己就可以捡起来。”

他的堂兄的脸看起来就像被一条鲨鱼狠狠扇了一下。

永别了，总统梦。

无业游民的眼睛里也开始噙满泪水。

永别了，打工梦。

哭泣

“都理智一点，”镇长轻声说道，“都理智一点，我们来聊聊这事儿。”镇长施舍般地对着这两个此刻啼哭得像婴儿一样的家伙开口劝道。发现各自的雄心壮志都落了空，他们已经完全冷静不下来了。

“毕竟只不过是一顶天上掉下来的帽子，”镇长温和地劝着，“谁都可以捡。捡起来也没什么大不了的。我想知道你们为什么哭呢？两个大男人为什么哭成这样？和我说说，我是你们的镇长。我已经连任六届，我可以帮帮你们。我应该是唯一可以帮上你们的人了。和我说说到底怎么一回事。一五一十都和我说清楚。你们把话都讲出来应该就会觉得好多了。”

而那两个人只是站在那里哭。

他们已经没有说话的能力了。

他们的心灵被绝望压垮了。

他们已经变成了自己的影子。

这已经是人类的心灵可以承受的极限了。

停下了。

“都来说说，”镇长说道，“别哭了，告诉我是怎么一回事儿。你们干吗摆出这副样子？我知道应该和捡帽子有关，但是你们得和我说，到底发生了什么。我又不会读心术。”当镇长说到他不能读心的时候，他的嗓门骤然拉高，语气也变得愤怒起来。但这对眼下的情景可以说是毫无帮助。

这两人甚至哭得更大声了。

“我可是你们的镇长！”镇长对着这两个号啕大哭的家伙吼道。

黑色

现在看来，有必要暂停一下围绕着这顶大草帽展开的叙事线索，先仔细研究一下这顶帽子本身。目前为止，关于这顶大草帽我们只知道以下信息：

1. 它是从天上掉下来的。

2. 尺寸：七又四分之一码。

3. 触感冰凉。

以下是关于这顶帽子更详细的、或许有用的信息：

4. 这顶帽子是黑色的。（有趣的是，这个细节竟然现在才被指出。）

5. 大家都知道这顶帽子冰凉异常，但是之前从未公布它具体的温度。请注意：这顶帽子的温度是零下 24 度[1]。

真是一顶冰冷的帽子。

特别是现下街上的气温已高达 81 度，而这顶帽子竟然可以保持在零下 24 度。阳光完全影响不了它的温度。

这是一顶相当与众不同的大草帽。

眼下，有这些信息就差不多了。那两个家伙还在哭，街上的人开始围拢过来，不过你也懂的，围观群众迟早会围过来的，这事不足为奇。人们从屋子、商铺里探出来，朝着街上的那三个人还有那顶大草帽围过去。

节奏开始有了变化。

用不了多久，这个章节就会被看作是人们相亲相爱、世界一团和气的美好旧时光。

---

① 本书中出现的温度均为华氏度，此处的“零下 24 度”约为零下 4 摄氏度，而下文的“81 度”约为 27 摄氏度。——译者注

衣服

葬礼过后，他们脱光了衣服躺到了床上。仿佛接收到一种无形的信号，他们就脱下了衣服。他们没说什么话，也没打什么手势，但是冥冥之中好像有点儿什么东西引诱他们俩同时同刻解开衣服。

他们俩之间进行了一场超越空间的四维交换。他们开始做爱，后来做了整整两年的爱。

她脱衣服时像一只风筝在四月和煦的暖风中轻柔地随风摇摆。而他颇为笨拙地摸索着解开衣服，如同在十一月的泥地里踢足球。

他从来就不擅长脱衣服，当然也不擅长穿衣服。他是那种洗完澡以后老是擦不干身体的人。

每当他仔细地擦完身体，总还有百分之五十的身体是湿漉漉的。

她脱衣服的时候也在观察他脱衣服的动作。她有点担心他在床上是不是也一样笨拙。希望不要这样。她喜欢做爱，很享受用那种让自己舒服的方式做爱。所以她对床上功夫差劲的男人没什么耐心。

幸好他大多数时候在床上的表现都不错。好到能让女人震惊。这也是他最出彩的个人品质之一。

而不幸的是也是出于这个原因，她或多或少浪费了两年的生命。一切结束时她就是这样看待这段关系的。当然了，这段时间里她也许多次觉得一切还不错。只是后来她细细回顾时，这种美好的时刻就消失殆尽了。她在他身上倾注了两年的生命，消耗了比她原计划更多的青春。

脱掉衣服以后，她轻轻滑进床，躺进了被子里。她就看着他站在那里摸索着脱掉了最后一件衣服。

真好玩。她默默想。读他书的人肯定想不到他还有这一面。她已经知道他肯定和书里表现出来的样子大相径庭了。她只是希望他在床上的表现好一点。

如前所述，很不幸，他的确很擅长做爱。

启示

两年后的此时此刻，他花了一整晚为她的离开而痛苦。他的悲痛太激烈了，这样源源不断地痛了好几个小时以后他感到异常饥饿。他得吃点儿东西。他想去路边的小汉堡摊买点什么，但是很快又改变了主意，因为他不想吃汉堡。前一天他刚刚吃了两个汉堡，他不想再吃了。要是现在再吃一个汉堡，和昨天那个也隔得太近了。

“如果我昨天没吃那两个汉堡，我今天就可以吃一个了。”他想道。

不知道为什么，这件小事又被他立刻赋予了很大的意义，变成了一则生活的启示。这是他一个很大的问题。他的生活里很多事物的存在与它们真实的意义往往不成比例。

他发现自己竟然在诅咒昨天吃过的那两个汉堡。

“我真傻，我竟然吃了两个汉堡，”他想道，“我到底怎么搞的？我在想什么啊？现在好了，我吃不进汉堡了。如果我昨天没吃那两个汉堡，我今天本来可以吃一个的。”

“他妈的！”

电流

对某些男人而言，世界上最美的场景莫过于一个熟睡的日本女人。她乌黑的长发像幽暗的百合花飘在身旁，让这些男人想立刻就死，立刻被送进到处都是熟睡的日本女人的天堂。在那里女人们永远不会醒来，她们会做着美梦永恒地睡下去。

雪子可以轻而易举地成为这样一个天堂里的女王，完美而威严地统治着天涯海角无数沉睡的日本女人。

今晚，在旧金山的联邦街上，她就是自己的睡眠女王。她的呼吸缓慢而平稳，像城堡上悬挂的钟声。

她正在做一个有关京都的奢侈的梦。

梦中下着一场温暖的秋雨。雨水介于薄雾与细丝之间。她特意把伞留在了家里。她想感受到雨水抚摸自己的皮肤。她渴望让自己微微湿润，这正在发生的一切都让她备感愉快。

此时如果有人悄悄弯下腰靠近她，会闻到一阵温暖的、独属于女性的、微微带着潮气的香水味从她身体上飘散开来，让人想起在下雨的京都漫步的日子。然后人们一定会忍不住探出手，看看她的头发上是不是真的落满了细微的雨珠，像流淌着和煦电流的小小钻石。

金枪鱼

到底吃不吃汉堡的念头把他折磨得够呛，后来他又转念想到也可以吃金枪鱼三明治。不过这可能不是什么好主意。他尽力让自己不要去想金枪鱼三明治。过去三年里他一直在努力甩开吃金枪鱼三明治的念头。每次想到金枪鱼三明治，他都会一阵难受。而在努力这么久不去想金枪鱼三明治以后，现在他却在考虑要不要再吃一个金枪鱼三明治。

这是一个很大的金枪鱼三明治，白面包打底，相当湿润，沁满几乎是要滴落下去的蛋黄酱。他就喜欢吃这样的三明治。他脑海中所有的精神聚光灯都聚焦在这个三明治上，然后和以往一样，他立刻感觉到一阵不适。

他试着把金枪鱼三明治从脑海中赶出去，但是赶也赶不走。金枪鱼三明治就像藤壶紧紧粘着一艘埃塞俄比亚战舰一般缠着他。这个金枪鱼三明治纹丝不动。他又试了一次，想摆脱这个脑海中的三明治，但是它就是一动不动。

他的难受变成了一种更简单直率的绝望。

他只能坐下来。

这一切都是因为他很爱吃金枪鱼，但却已经三年多没吃了。以前他平均每周都要吃五个金枪鱼三明治，但是如今好几年没再吃了。缺了这样一个金枪鱼三明治，他常常感到自己的生命一片荒芜。

他经常会在超市里无意识地拿起一个金枪鱼罐头，然后才突然意识到自己刚才做了什么。有时候他已经把罐头上的食品信息看了一半了，然后才惊觉自己在干什么。这时候他就会一脸惊愕地赶紧把罐头再放回货架上，就像在教堂里看黄色小说被抓了现行一样心虚。他会立刻走开，试着忘记自己曾经碰过一个金枪鱼罐头。

为什么这位美国幽默作家对金枪鱼这样避之不及？答案很简单：恐惧。他害怕金枪鱼。他已经三十八岁了还是害怕金枪鱼。就这么简单。恐惧的起因是汞。

几年前有人发现金枪鱼体内的汞含量超标以后，他就再也不吃金枪鱼了。因为他担心这些超量的汞会在他的大脑中积聚，影响他的思维能力，进一步影响他的写作能力。

他担心自己的写作会变得怪异，然后就没人再来买他的书了，因为他的书也被汞腐蚀了。如果再继续吃金枪鱼，他肯定会发疯的，所以他决定再也不吃了。

这个放弃吃金枪鱼三明治的决定是他这辈子做过最艰难、最创伤性的决定之一。这让他至今仍然噩梦连连。

他甚至去看了医生，咨询金枪鱼体内的汞含量是否对人体有害。他的医生说："不会。你想吃就吃吧。"但是他还是不吃金枪鱼。他不敢听从医生的建议。

他真的很爱金枪鱼，但是他更珍爱自己的艺术生涯，所以他尽量不去想起金枪鱼三明治。但是作为人类，他时不时还是会犯错，他刚才就犯下了这样一个错误，而他的灵魂正为此付出代价。

他就这样坐在沙发上，因为对金枪鱼三明治又爱又惧而双手颤抖。

这样看来，一英里外正在旧金山熟睡的那个日本女人真是值得深切的同情。她已经忍了这种行为整整两年，有时候她必须要忍受一些看起来完全是小儿科的东西。她已经观察到一系列永不止歇的尚未成形或已经完全发展出来的汹涌的强迫症和人格障碍。处理这些事让她平日里的工作都变成生活中最轻松平静的部分了。

她是一个精神科医生，就职于当地一家医院的急诊部门。

和他比起来，她夜里工作时要应付的那些疯子都是些很简单、一点儿也不复杂的家伙罢了。

人群

此时，镇长、那两个哭泣的家伙和大草帽边上已经聚拢了一小撮人。人们很好奇到底发生了什么，但他们也只是站在一旁看着镇长、那两个哭泣的家伙和那顶大草帽。

人群中没什么人开口说话。只是时不时会冒出一些窃窃私语声。很难想象，就是这样一群人很快就会压过当地的警察一头，和国民警卫队陷入鏖战，还能对付伞兵、坦克和武装直升机。就像现在这样看看，你绝对想象不出他们的这种潜力。

镇长继续试着让这两个家伙别哭了，这样他才能问清楚到底发生了什么。但是这两人的思绪已经完全被瀑布般的泪水所淹没，他们根本没办法停下来解释两句。

人群继续窃窃私语：

“那是一顶墨西哥草帽?”其中一人嘀咕着。

“就是一顶草帽。”一人低声回答道。

“怎么会在街上呢?”

“我不知道。我也刚来这里。”

“是谁的帽子啊?”

“我不知道。”

“我也不知道。”

“我知道你不知道因为你刚刚问了我。”

“是的，不好意思。”

“没事。”

“谢谢。”

人群的另一头冒出了更多低语声：

“他们在哭什么?”

“那不是镇长的堂兄吗?”

“是的。”

“他为什么哭啊？我之前没见他哭过。他也不是什么爱哭鬼。我和他一个高中的。他之前是田径队的。一百米可以跑 10.3 秒，跑得太快了。他之前从来不哭的。”

“都安静！我想听听镇长怎么说。”

“那时候 10.3 秒属于很好的成绩了。”

“没错，但我想听听镇长怎么说。”

“我是不是说太多了?”

“对!”

镇长的声音开始变得愤怒了：

“别哭了!”他吼道，“都给我别哭了！听到了吗？我是你们的镇长！我命令你们不准哭了!”

镇长的喊叫只会让这两人哭得变本加厉，事实证明也确实如此。

人群还在继续咕哝：

“镇长为什么要大喊大叫？我之前从没见他这样失态。”

“我不知道。我给另一个候选人投了票。你给镇长投票了吗?”

“是的，我给他投了。”

“那你就别问我他为什么大吼，反正是你投的票。”

两个女人也开始嘀咕起来：

“这算丑闻了。”

“什么是丑闻啊?”

“这就是。”

“噢!”

孩子们在交头接耳：

“这些男的在哭。”

“是的，他们的表现还不如我们。”

“我要是哭成他们那样，我肯定要先回房间。”

老人也在说个不停：

“听说了吗？社保基数要增加了。”

“没听说啊。”

“如果国会一致通过，十一月开始社保缴纳比例就到4.1%了。”

“如果没通过呢?”

“什么?”

“我说：如果国会没通过这个法案呢?”

两个家庭妇女也凑在一起耳语：

“我月经已经晚了八天了还没来。”

“你是不是又怀孕了？”

“希望不是啊。三个孩子够累人了。”

“我记得你说过你要生够一打小孩。”

“我当时完全是疯了。”

窃窃私语声愈演愈烈。

人群越聚越多，越来越活跃。

耳语声突然变得像嗡闹的蜂群。

他们正按计划一步步发展，最后他们会和联邦军发生交火，整个小镇都会成为世界的焦点。

用不了多久的。

只需要几个小时，他们就会适应耳旁不停轰鸣的枪炮声，全世界都会关注这里。

再过几天，美国总统就会赶到这里调查战争的破坏，并施以援手，进行抚慰并劝他们和解。

他会发表一个和林肯的《葛底斯堡演说》齐名的著名演讲。几年后，这篇演讲就会被收录进高中课本。再过一阵他们会设立一个全国范围内的节日以纪念死者，鼓励生还者致力于国家团结的伟大事业。

牛油果

他好不容易终于摆脱了对金枪鱼三明治的幻想，现在他得运用自己的聪明才智再想想有没有别的食物，因为他现在真的太饿了。他得赶快吃点东西。

金枪鱼三明治带来的绝望感消散了，他的脑海中开始浮现出别的可能性。肯定还有点别的他能吃的。

汉堡和金枪鱼三明治都出局了。

这样一来就剩下成千上万种选择了，他仔细思量了一些可能。

他不想喝汤。

厨房里有一个蘑菇汤罐头，但是他不想吃。

喝汤绝不可能。

他又想到了牛油果。

还不错。

我要吃个牛油果。

他已经在心里默默地尝了一口洒柠檬汁的牛油果，味道真不错。没错，就吃牛油果。然后他才想起自己家里没有牛油果，天色已晚，周围的商店也早就关门了。

一个月前，那个日本女孩告诉他，她再也不想见到他，那天他买了一个牛油果。他当时情绪实在低落，完全忘了这颗牛油果的存在。最后这颗牛油果烂在了厨房窗台上，他只能扔掉它。

他希望现在就可以吃到那个牛油果。挤点柠檬汁就大功告成。他还有别的事要操心。他可以继续回顾他对那个失去了的日本女孩的爱情，也可以胡思乱想一些鸡毛蒜皮毫无意义的事。他从来就不缺烦恼。烦恼就像上百万只训练有素的小白鼠时刻跟着他，而他就是这群老鼠的主人。如果他能教会他所有的烦恼一起唱歌，其歌声之壮阔肯定会让摩门大教堂合唱团都像个土豆一样黯然失色。

也许可以来点滑炒鸡蛋，他想着。但是他很清楚家里没有鸡蛋，他也不打算出门去餐馆。

没错，来点鸡蛋就行。

蓬松柔软的炒鸡蛋。

就这个。

鸡蛋。

西雅图

恋爱两年，雪子经常在夜里这个时间和他厮混在一起。她十点左右下班以后常去他的公寓和他过夜。

她和精神失常者、自杀未遂者、精神崩溃者以及纯疯子们相处了八小时以后，必须得和人分享一些精神食粮。

有趣的是，她竟然从来没有把他归为自己的病人，也从没有从这个角度看待过他。她从没有把他和自己的病人联系起来。她只是把他当作是一个完整而自给自足的派别。而且她爱上了他，所以她很难客观看待他过山车一样大起大落的心理状态。

认识他不久后，她重读了他所有的书，确保自己对这些书的记忆没有差错。认识他之前，她读这些书时以为他的书都是关于他自己的内容，他就是书里的主角，他在写自己的故事。

当她重读这些书的时候，她发现这些书里几乎没什么他真实人格的投射。她很好奇他是怎么做到狡猾地向读者隐瞒自己的真实个性的。他简直是个天才，他太复杂了，一座迷宫摆到他面前也不过是一条直线。一开始她觉得这很吸引人，因为她很聪明。等到这一切开始困扰她时，已经来不及了：她爱上了他。后来情况愈发糟糕，因为她越爱越深。

她不是受虐狂。

但是事已至此。

他们一个月没有再见面，她开始厘清很多事。她仔细考虑了继续和他见面的理由，也整理出了成吨的大脑内存垃圾以得出一些颇具客观性的结论。明明都是些很基本的东西，如果他是她的病人，她会容易察觉。但是因为她深陷爱情，所以一时竟当局者迷了。

以下是她的思考：

1. 即便在他完全发疯的时刻，和他在一起也不会觉得无聊或呆滞。她病人的滑稽举动常常让她厌烦，因为这些行为都太容易预测了。而他的问题则相当独特，他在给自己创造强迫症症状方面的能力太突出了。

2. 大多数时候他还是很善良体贴的，会做各种小事来取悦她。

3. 最重要的是他在床上取悦她的能力很强。他床技了得。如果他的床技下降百分之五十，她肯定会更早地想要摆脱他。这段恋情最多不过几个月。

两年很漫长。

她的脑中千头万绪，但是这会儿她睡着了，大脑就开始忙起了别的——她正梦见日本。

雪子出生在东京，但是她六个月的时候就随父母一起搬到了美国。她的父亲是一名外交官，所以她在美国长大，每两年回日本一次。她的父母同时教她英语和日语，但是因为她在华盛顿州西雅图长大，日语自然也就成了她的第二语言。

她十四岁那年，她的母亲被爆出和西雅图波音飞机公司的一位高管有染。她的父亲发现这桩婚外情以后，在自己的办公室自杀身亡。她的父亲在二战期间曾在日本帝国陆军任军官，是一个十分可敬的男人。他用一把拆信刀剖腹自杀。

这件事后来被媒体广泛报道。《生活》杂志上载有专题文章，还上了十一点新闻。整个新闻系统都对此事有所报道。

她父亲的遗体被火化以后骨灰被送回了日本。而那位波音公司的高管和与他结婚二十二年的妻子离了婚，又和雪子的母亲再婚。雪子后来就和他们一起生活。

这桩丑闻震惊了整个西雅图，因为这位高管颇有政治上的野心，也收到了不少这方面的鼓励和支持。

雪子并不关心这位继父的生活。不过她直到从华盛顿大学毕业以后才从家中搬出去。她很爱自己的母亲，所以她的继父根本不知道她其实一点也不喜欢他。她甚至忍受了他取的绰号。他称她为“中国娃娃”。

她后来去加州大学洛杉矶分校攻读了精神病学的研究生学位，又搬去了旧金山实习。她现在在市里一家医院的夜间急诊部工作。

雪子去过日本九次，每次都是短暂地停留一下。现在她梦见了她最爱的城市京都正在下雨，一场温暖的秋雨。

她特意把雨伞落在了姑妈家里，这样就可以尽情感受雨水打在她的头发和面颊上了。

她正要去埋葬了父亲骨灰的墓地。她去父亲坟前扫墓时总是很悲伤，但是今天完全没有。雨水让人快活。

她知道他一定会理解的。

暴乱

现在回到那个废纸篓里——

“我是你们的镇长！给我放尊重点！我命令你们不准哭了！我要叫警察了！”镇长对着两个哭泣的家伙大吼大叫道。他也是山穷水尽毫无办法了。他也没办法理性地去处理眼下的情况了。人越聚越多，而镇长简直失去理智了。

“叫警察来！警察！叫警察来！”他大声喊道。即便有个哭泣的家伙是他的堂兄他也管不了那么多了。他真的受够了，他快疯了。

当然了，警察已经在出警的路上。原来在镇长发狂之际就有好事者打了警局的电话通知警察，主街上爆发了大规模暴乱。

“记得带催泪瓦斯!”此人在电话里交代道。这个人的情绪有点激动，所以警察也不知道该如何判断。不过他们还是立刻出警了。

那两人哭个不停，镇长在一边大吼大叫，而大草帽就静静躺在街心。此时人群也变得更为喧闹不安。人们不再交头接耳窃窃私语。他们开始高声交谈，一些人甚至开始大吼大叫起来：

“发生什么了?”

“我不知道!”

“我很害怕!”一个老人吼叫道。

“太荒唐了!”一个十来岁的女孩大声喊着。

“镇长疯掉了!”一个中年妇女也跟着喊。话音刚落，就被人一拳打在嘴上。这一拳下手很重，她直接被撂倒了，一下就陷入了昏迷。

给了她一拳的家伙每次选举都投票支持镇长，所以他无法忍受自己最心爱的镇长竟然被人用这些词语说成是疯子。这名男子并没有享受多久这种复仇的快感，因为就在这名中年女子“砰”的一声重重地摔在街上失去意识之际，这名男子就被一个身材更为高大的男人打昏在地上。

还是有些男人不能接受眼睁睁看着一个女人被一拳打得不省人事。他们才不在乎打人者出手重击的动机是什么。他们只是路见不平一声吼，而这个男人路见不平的反应就是狠狠地给打女人的家伙下巴上来一拳。就这样一男一女都倒在了街上。他俩都完全失去了意识，以至于看起来就像一对新婚夫妻，而周围的人群则是一场疯狂的婚礼仪式的一部分。

事态不可控起来了。

那两个家伙还在哭。他们哭得太凶，简直不似人类。一个人的身体里绝不可能盛放这么多泪水。他俩的脚底板下面好像藏着一汪泪泉，就那样汩汩地冒出来顺腿而上，滋养着他们源源不息的哭泣。

镇长完全疯了。

他不再大声喝止二人停止哭泣，也不再威胁他们说要叫警察。

他开始喊出一些毫无意义的东西，比如他

1947 年拥有的那张汽车牌照：

“AZ 1492！”他大喊道。

“AZ 1492！AZ 1492！”他一遍遍地嘶吼着。每当他喊出一次自己的牌照号码，周围的人群似乎都受到了更多的刺激，陷入了愈来愈高涨的骚乱中。

他的车牌号煽动着人群的暴乱。

此时正值中午，高中生们正在外面吃午饭。这所高中在主街上，距骚乱处三个街区远，而学生们这时候正沿着街道匆匆赶往骚乱处。

“AZ 1492！”镇长继续喊道，“AZ 1492！”

人群中已经爆发了六七场斗殴事件。现在骚乱的人群已经增长到数百人，每分钟都有几十个人新加进来。听到镇长一直大声嘶吼着自己的车牌号，新来的人就开始推搡周围的人，自己也开始大吼大叫。

“我恨你！”一个七十一岁的老太太对着一个完全没见过的陌生老头大吼着，然后一拳就打在了对方的蛋蛋上。这个老头就像石头掉在地上一样倒了下去。但即便如此，他还是挣扎着打开了他拿着的一个包裹，掏出了一个刚从面包房里买回来的柠檬奶油派狠狠按在了老太太的膝盖上。

“变态!”她低头冲着这个老头喊道。此刻老头就躺在地上，把奶油派往这个老太太的膝盖上碾。她的膝盖上现在粘满了蛋白酥和黄色的馅料，它们顺着她的腿一直流到鞋面上，看起来恶心极了。

警察在哪里?

他们还没赶来阻止这一切?

十多分钟以前，他们就从五个街区以外的局子里出发了。但是现在哪儿也没有警察的身影。他们如果这时及时现身，本可以控制住人群的骚乱，避免一场国家级的灾难。

他们到底在哪里?

随后三百名高中生加入了人群，就像一艘纸船被卷入了大漩涡。

不一会儿，街上就有人开始性交，一个小婴儿呱呱坠地。几天以后，就会有一张美国总统双臂抱着这个婴儿的照片被刊登出来，并且总统宣称，这就象征着这个国家的未来必须走向团结统一。

这个婴儿是个男孩儿，大名会被取作拉尔夫，而他的肖像则会被印到纪念邮票上。不幸的是，眼下人群疯狂如野兽，这位母亲和她刚出生的小婴儿的情况并不乐观。母亲躺在街心歇斯底里地尖叫，恳请人群不要踩踏她的宝宝。人群顺应了她的请求，避开了小婴儿，而是直接踩在了这位母亲身上。

而刚才那个被老太太一拳打在蛋蛋上、后来又把柠檬奶油派砸到她膝盖上进行报复的老头则早就被成千上万暴乱的脚步碾成了老头汉堡。

几天后，当人们筛查尸体准备埋葬的时候，这个老头的尸体将无从辨认。他只是想去镇中心买个奶油派当午饭，所以他没带任何身份证明。他只带了买奶油派的钱。他会和其他二百二十五个同样没有身份文件、无法辨认的不幸罹难者一起被合葬进一个共同的坟墓里。

几天后，一张总统站在他们刚填平的坟墓边的照片被刊载出来。再后来，人们在这座坟墓上竖起了一座高雅的纪念碑。这座纪念碑和这个合葬墓被印刷成明信片，颇受欢迎。

这座纪念碑可是联邦政府委托了一位美国著名雕塑家创作出的精美艺术品。

不过现在说这些为时尚早。

让我们回到最基本的问题上：

警察到底在哪里？

鸡蛋

“可是我没鸡蛋。”他大声自言自语道。他还是坐在沙发上一动不动。这个真相让他吃惊不已。他的炒鸡蛋纸牌屋就此轰然倒塌。

“这家里根本就没有鸡蛋。”他说。

家里从没买过鸡蛋。他喜欢吃鸡蛋，但是他不喜欢家里存放着鸡蛋。这也是他的“怪癖”之一。他要是想吃鸡蛋，几乎都得去餐馆。

没什么合理的原因可以解释家里为什么不能有鸡蛋。他只是觉得鸡蛋放在家里会让他有点不舒服。而且他不喜欢买鸡蛋。他很反感鸡蛋盒的纸板，他也不喜欢鸡蛋总是成打出售。

而每次在餐厅点鸡蛋来吃，一般就只会上来

两个鸡蛋。在他看来，这就是个可控的鸡蛋数量。两个鸡蛋不算什么很大的承诺。它们只是用来被人享用的。

而一打鸡蛋就另当别论了。

那可是十二个鸡蛋。

竟然要一次性考虑这么多鸡蛋。

毕竟他一生中用来考虑鸡蛋的时间就这么一点儿，而十二个鸡蛋显然太占据精力，所以他宁可不在家里囤鸡蛋。

有次他也考虑过要不要买半打鸡蛋回来，但是他思来想去还是觉得太多了。六个鸡蛋就让他不自觉地联想到十二个鸡蛋，一切又回到了原点。此外他不喜欢把一个纸盒子切成两半。对他而言这很像一种肢解行为，好像切下了某人的一条腿似的。

他站起身走进厨房找鸡蛋。尽管他很清楚自己没有鸡蛋，但他还是想花点时间去找。毕竟他如此心碎，没有别的什么事可做了。

他打开了冰箱看了看里面。

“这里没鸡蛋。”他喃喃道。

火车

鉴于这场暴乱是从小镇的主街上蔓延开的，现在有必要关注一个非常重要的细节：

火车。

火车距离暴乱发生的地点就只有六个街区，站台上停着一列火车。那是一列八车厢的货运列车，运载着美国政府的资产，更确切地说，那是军队的资产。

这列货车运载着武器弹药，正驶向加州的一个军队哨所。

这是个重要的细节。

避难所

尽管小镇的主街上爆发了一场大骚乱，但是这顶墨西哥大草帽完全不受影响。它在暴乱的中心形成了一个小型避难所。这个空间直径10英尺[①]。这个小圈周围仿佛围了无形的栅栏，人们根本不会踩进去。生死都在圈外肆虐，而无人胆敢走进圈内。

其实人们完全可以踩进去。

但他们没有。

这个小圈子被镇长占据了，他还在冲着根本听不见他声音的人群大声喊着自己的车牌号码。

① 10英尺约等于3.048米。

你可以看到他的嘴唇在翻动，但是却感觉他好像什么也没说。人群的咆哮让镇长的讲话变成了一场哑剧。

而那两个人还是站在那里哭个不停。

这就是他们的命。

现在小圈子里的人都好端端的。

就剩下这顶大草帽了。

它还是躺在街心，没有人动过它。不知为何，人们把它单独丢到一边。没有哪怕一个人走进圈子里试着捡起这顶帽子。这顶大草帽就是躺在那儿一动不动，完全不受周围一切骚动的影响。

以下是关于这顶大草帽的一些有趣的信息：

1. 这顶墨西哥大草帽并非墨西哥制造。

2. 没错，这顶帽子的确有个主人，但是主人远在天边。

培根

虽然他知道厨房里没有鸡蛋，厨房里根本就从没出现过鸡蛋，但他还是仔细地贯彻了寻找鸡蛋的仪式。

“冰箱里没有，储藏间没有，橱柜里也没有。”他检查了一圈以后自言自语道。为了确保绝无错漏，他又检查了一遍冰箱。

他经常自言自语，这会儿他就在喃喃自语家里找不到一个鸡蛋。

“鸡蛋都去哪儿了？”他自语道，“肯定在这儿的某个角落里。”其实他一直都很清楚厨房里根本没有鸡蛋。

他刚想去别的房间里找一下，也许可以去一

趟卧室，可突然间一道绝望的闪电把他的大脑炸成了成千上万块跳动的培根。他又想起了自己对那个日本女人的爱情。

他全神贯注思考着自己的饥饿的时候已经完全忘记她的存在了。然后他就突然想起了她，这对他而言如同世界末日。只要一动念想起她，饥饿感就会瞬间从他体内消失，他又一次陷入了全然的绝望中。

他走回前厅，坐回了沙发上。还没走到沙发，他就已经完全忘记了自己在厨房里做了什么，忘记了自己一直在找一颗想象中的鸡蛋。他再也想不起这些事了，也再想不起汉堡、金枪鱼三明治这些东西了。他把曾经短暂地困扰过他的饥饿感本身也抛诸脑后了。

这些念头永远消失了。

那天晚上他仿佛从未感受过饥饿。第二早上他会在餐馆里吃早餐，他会心不在焉地拨动着自己的食物，就随便吃一点儿东西。吃饭也不是为了充饥，只不过是为了活下去罢了。

如果你和他说，他昨晚异常饥饿，花了将近一个小时来思考食物事宜，他会觉得你简直疯了。

阴影

雪子继续安睡，享受她梦中的京都。她站在父亲的坟墓前。不知为何，可能因为天气太美妙，父亲并未死去。在她这场温暖的日本秋日细雨下个不停的梦境中，父亲虽然不在人世，但也没有死去。

她的父亲就像小猫咪轻声呼噜时身下的影子。

他在一个非生非死的呼噜空间里。

雪子也很想呼噜呼噜地回应他，但她不能，因为她还是活在人世。所以雪子只是享受着父亲的存在。

雪子躺在那里安睡，陷入梦境，而她的猫就在她身边睡着，呼噜呼噜。

万花筒

这位美国幽默作家就坐在他的沙发上苦苦思念着她，想弄明白如何才能挽回她的感情。他想知道他们之间到底发生了什么，一头跌进了爱的遗忘之中。只是连记忆中一个吻的景象都唤醒了他无底的绝望，让死亡看起来变成了唯一的解脱。

他真正体验到了爱情走向终结的滋味。

当然了，这些情绪在他身上呈现为一种愚蠢和疯狂彼此交织转化的万花筒。但他和其他人一样，同样实实在在地承受着这些情绪带来的苦痛。毕竟他也是人。只是他的大脑把这一切都变成了一场足足十二环的马戏表演[①]，而其中绝大部分的表演都不值得再看第二遍。再过一段时间，那种永不止歇的精彩演出和永不止歇的无聊苦闷就变成了一回事。

现在是夜里十点四十五分。

这是他的漫漫长夜。

他一直饱受失眠折磨。他想睡觉时，大脑就好像装上了带刺的铁丝网。

爱的幻影与玄想在他的脑海中飞驰来去，如同马被蛇咬了一口以后毫无头绪地四处狂奔。

后来他也想过给她打个电话，但是他知道她已经和别人上床了。她如果接了电话，他只会更难受。

他已经受够了一辈子份量的折磨与痛苦，如果有人嫌自己受的苦还不够，他有完全充裕的大量痛苦分给他们。

---

① 传统马戏通常是三环表演，即三个表演环同时进行，已经足够让人忙于观看。——译者注

他瞥了一眼床边小桌上的电话机，窗外就是旧金山深夜的灯光。他觉得那些灯影如画般附着在窗上。

看到那个电话他就浑身战栗，连脖子和脑袋都在微微发抖。他的确是疯了，但是他还不傻。

死

暴乱正是以这顶大草帽为圆心蔓延开来的，但帽子本身和它的三位同伙仍然安全地站在人群中间形成的小型避难所里头：疯了的镇长还在大喊大叫自己的车牌号，两个泣不成声的家伙也实在哭得太久，像两个巨婴。他们甚至已经意识不到自己正在哭泣。他们完全不知道自己身居何方，也不清楚自己在做什么。

似乎泪水正从地下的泉眼里直接流进他们的足底，然后又一路流经他们的身体，最后从他们的眼睛里冒出来……否则也没有别的办法来解释他们的眼泪到底从哪儿来了。

那些眼泪总得有个来处。它们有可能来自地

底深处的隐秘哭泉，流了很远很远，一直从墓地和那些以孤独与绝望为饰的廉价旅馆房间里流淌而来。

不幸的是，那里面蕴含的悲伤足以灌溉整个撒哈拉沙漠。

警察们到底怎么了?

为什么他们没有出现在现场平息人群的暴乱?为什么他们没有把这场动乱扼杀在摇篮里?如果他们在场，这场国家悲剧就不会发生。

警察局距离这里只有几个街区。有人早就打了报警电话，他们也上了象征着这个小镇的公安部门的仅有的两辆警车，但是他们就是一直没到。明明只有一点路。

他们在哪里?

很简单。

他们死了。

温度

大草帽从天上掉下来的时候是零下 24 度。由于周围发生了暴乱，现在帽子的温度上升了 1 度，来到了零下 23 度。

有意思。

书页

雪子在梦中翻动着，像翻开了奇妙的一页书，而她的头发则如同翻开了黑暗的一页书。她的翻身惊醒了猫咪，小猫不再打呼噜。猫想了想，决定不再睡了。

猫就躺在那里凝视着房间中深深的、漆黑的夜。它渴了。很快它会跳下床，去厨房冰箱边上的盘子里舔水喝。它可能还会吃点儿宵夜。猫可能会细嚼慢咽地吃上五六口猫粮：嘎吱，嘎吱，嘎吱，好像在黑暗中咀嚼着柔软的钻石。

雪子又翻了个身。她在睡梦中不安起来。京都之梦开始支离破碎。这场梦本来就仰赖小猫的呼噜声，现在小猫不再打呼噜了，梦境就此陷落。

她的大脑试着自创一种人工猫呼噜，但是失败了。这场梦需要猫呼噜声才能继续。接着梦就开始破碎，如同一场剧烈的地震。梦境大块大块地震落，温暖的秋雨也变成了废墟，而墓地像一张凌乱不堪的牌桌被折叠起来。雪子内心的平静与满足化为乌有。

猫从床上起来伸了个懒腰，然后跳到了地板上。它慢慢向厨房走去，中途又停下来伸了个懒腰。

猫走到厨房冰箱旁的水碗前时，京都结束了。

事故

警察为什么会死?

还是很简单。

他们开着镇上的两辆警车前往暴乱现场时，巧妙地在两车之间安排了一场碰撞，而这场车祸奇迹般地把他们全给撞死了。这种程度的事故通常只会造成一些轻伤，所有相关人员都会下车离开——当然了，他们受惊不小，但是个个都毫发无伤。

但这次事故并非如此。

他们想办法自杀了。

两辆车里共有六名警察，全都死透了。这景象堪称可怕。不需要再凑近观察事故细节了。应该保持现场的原貌。小镇上的警察部门集体自杀了。只能说通常情况下，这种程度的事故周围肯定围满了围观群众，街道上应该满是在好奇地打听的人群。然而，由于几个街区外正在发生暴乱，事故现场竟无一人在场。两辆车缠撞在一处，里面堆满了死掉的警察的尸体，但是现场竟毫无一人。场面十分诡异。

简直不像真的。

甚至没人给警察局打个电话，和那个在镇上当无线电调度员的女人报告此事。

在第一个报告暴乱的电话以后，就再没有人给警局去电了。人们都在暴乱现场忙活着，所以这个调度员竟以为一切尚可控制。她就坐在警察局里做美甲。

七月

三十秒后，他脑海中的一切都转了个弯，他还是决定给她打电话。他必须结束这种痛苦，不能继续这样下去。他要半夜把她叫醒，告诉她他爱她，然后马上打车去她公寓见她，这样一切都可以迎刃而解。

他从沙发上站起来走到电话机边上。他拿起听筒，拨了她号码的第一个数字。

咔啦咔啦咔啦咔啦咔啦咔啦咔啦——7。

然后拨了第二个数字。

咔啦咔啦咔啦咔啦咔啦——5。

爱就是一种疯狂。

他又拨下第三个数字。

咔啦咔啦——2。

还有四位数要拨。

几乎拨完一半数字了。

他需要做的就是拨出剩下的数字，等待电话铃声响起，然后她就会接电话，这样他就可以听到她的声音，他就可以听她亲口说出的话，摆脱那些关于她在做什么、她到底是谁以及一切在他脑海中像个乒乓球一样不停打转的幻想。

她的声音应该会很困倦。

她会说："是我，你是谁？"

他会说："是我。我爱你。我现在就想见你。我可以过来吗？"

"不可以。我不想见你。"她会这么说，然后挂断电话。

这才是真正会发生的事。

她已经厌倦了。

她想要重启自己的生活。

她不会再把时间留给他了。

她已经给出了她能给出的所有了。她没有更

多的时间可以分配给他。她自己也有生活要过。

他开始拨第四个数字，但是他迟迟无法下手。他挂了电话。他又走回了沙发边坐下。他像个老头一样揉了揉眼睛。

大约有整整三十秒钟的时间，他的大脑一片空白。对他而言这相当反常，因为他的大脑里总是有一场国庆游行在进行。

“天啊，”他大声自言自语道，“我差点就打过去了。差点给她打电话了。我必须得控制住我自己。”

现在是晚上十点五十分，他完全不困。他想夜里的时间得用来做点儿什么。

爱情变质时，连黑夜都变得漫长。

取代

猫在黑暗的厨房里喝了几口水，然后沿着客厅走回卧室，它的日本女主人正在那儿睡觉。

走到半路，猫想起来忘记吃东西了。它总是喜欢夜里喝点水以后再吃几口猫粮填饥。

猫走回了厨房。

它又喝了口水，然后开始吃猫粮。日本女人正在安睡。

雪子正在梦和梦之间安睡。

京都消失了。

别的东西很快取代了京都。

雪子的嘴微微张开，口中轻轻呼吸着。

她喜欢做梦，因为她很少做噩梦。她的梦是

一种愉快的消遣。她从未失眠过，因为她总是很期待入睡，这样就可以做梦了。

很多年前她的父亲在西雅图自杀的那天晚上，她虽然满心悲痛，但还是很快进入了梦乡，甚至还做了一个美梦。她梦见父亲没有死，她梦见他会像往常一样叫醒她去上学。

蜘蛛网

美国幽默作家必须得在这漫漫长夜找点事做。他完全不想睡觉。他只是不能一个人在公寓里枯坐到天明。他不想。

然后他就想到一件事。

他走到电话边上，拨了一个号码。

不是那个日本女人的号码。

这个号码是他多年来断断续续约会过几次的一位空姐。她在城里的时候经常熬夜。她是那种不怎么喜欢出门，更喜欢在家里自娱自乐的女人。她喜欢做点儿小事，听唱机，织毛线，或者从深夜独居公寓时可以做的上百件小事中挑任何一件来消磨时间。

也许因为她每隔几天就要在全国各地飞来飞去，所以夜里她只想待在家中。

她正坐在地板上读一本《大都会》，电话响了。

全世界只有一个人会在深夜给她打电话。她放下杂志，从地板上爬到电话机边上。她伸手去够桌子上的电话机，把它拿到地板上。

“你好，夜猫子。”她愉快地问候道。

她总是乐呵呵的。

“你在做什么呢?”他问道。

“没什么，”她回答，“就是坐着读读书，读一点好玩的偷情故事。你最近还没结婚吧?”

“没，”他说道，“我为什么要结婚?”

“因为结婚会让你对一个想成为《大都会》封面女郎的寂寞小空姐更有吸引力。这个月我们只和已婚男人上床。”

他完全不知道她在说什么。他甚至不觉得好笑，之前已经说过了，他毫无幽默感。

她把电话放在耳边的时候脸上露出了灿烂的

微笑。她知道他根本不能捕捉到她刚才那番话里的幽默感。

她努力让自己不要笑出声来。

她一直觉得他毫无幽默感这件事非常讽刺也非常有趣。

“你在做什么呢?”他重复问道。

“没做什么。就是坐着读读书，读读好玩的偷情故事。你最近还没结婚吧?”

电话那头停顿了一下。

她感觉到他有点困惑。

“你为什么不过来一趟呢?”她问道。

“我可以过来,”他回道，“但你先解释一下你刚才说了什么?”

“我说你为什么不自己过来一趟呢?”她说，“我没在做什么。我就是想见见你。带点酒来，我想喝酒。你那边有酒吗?”

“有的，我这里有酒。”

“带过来。我们一起喝点儿。可以聊聊以前的事，也可以一起制造一点新回忆。”

“我二十分钟后到。”他说道。

“保证十九分钟内。”她说。

“可以,”他回答,“我会尽快过去的。白葡萄酒可以吗?”

“可以。”她回道。

他们挂断了电话。

她的脸上洋溢着灿烂的笑。

她又爬回她的《大都会》边上继续读偷情的文章。她很喜欢这篇,因为它毫无意义。

她是个很快活的人。

她来自得州。

她的父亲是一个小镇的消防队长,而小镇一度连续三年没有火情。

他上过一次《生活》杂志,文章边上刊载着一张他站在消防车边上的照片。这辆消防车被铺满了假蜘蛛网。

他脸上挂着灿烂的笑。

他也很快活。

这是一种家族遗传。

杠铃

大草帽的温度现在是零下 23 度。

人群继续骚乱之际，帽子升高了 1 度。人群中的大多数人根本不知道自己为什么要参与这场暴乱。在他们赶来现场时这场暴乱已经开始了，所以他们也顺便加入了：怒吼、拳打脚踢、尖叫、打砸抢踢——不为什么，只是因为别人都在这么干，而且他们看起来很开心。

人群中的大多数人也根本不知道这场暴乱的中心有一个以一顶墨西哥大草帽为圆心展开的圆圈。他们也无从知晓大草帽的温度原来是零下 24 度而现在正在爬升。

帽子的温度又升高了一度，达到了零下 22 度。几分钟以后升到了零下 21 度。温度正稳步快速抬升中。零下20度了，还在上升。

零下19度还在上升。

零下18度还在上升。

零下17度还在上升。

零下16度还在上升。

零下15度还在上升。

零下14度还在上升。

零下13度还在上升。

帽子的温度来越高，人群也愈发骚乱。

人们真的开始互相谩骂。

一个十岁的小男孩用一根棍子去戳一个老妇人的眼睛。

零下12度还在上升。

两个哭泣的家伙哭了好久，哭得好伤心，他们几乎站不稳了。

零下11度还在上升。

“AZ 1492!”镇长咆哮道。

零下10度还在上升。

一个看着就像高中拉拉队成员一样的女孩撕

扯着镇子上银行家的嘴。而银行家则反过来撕掉了女孩的衬衫，一拳打在她胸口。然后他又把这个女孩扔到了地上，试图用同样的方式脱掉她的裤子并且拉开了自己的裤链。

他的暴行并未顺利进行下去（零下9度，还在上升），因为一个美容店老板直接穿着高跟鞋跳到了他背上。

而她也没有享受这份胜利果实多久，因为几秒钟后她就被一个闹钟砸晕了。

一名男子加入暴乱时原打算去镇上的五金店修他的钟表，所以他就顺手用这个钟砸了那个女人的脑袋。她摔倒的时候高跟鞋正好踩进银行家的后背，就像一个杠铃。

零下8度还在上升。

再过几个小时，他们就会以这种彼此攻击的劲头和国民警卫队以及联邦空降兵打起来。

他们可不是吃素的。

零下7度还在上升。

大草帽越来越热。

桥

当然，他最后还是没去那个开朗又机灵的空姐家里。她有能力让他从心碎中走出来，可是那样就太简单了。不，他不想那样。那会折损他对待生活的根本态度：他必须要尽一切可能让生活变得像迷宫一样混乱和糟心。

他的电话又打过来时，她刚读完《大都会》里那篇描写偷情的文章。

“怎么了？”她问道，她拿起听筒就知道肯定是他打来的。“你不会过来了。”

他有点吃惊。

“你怎么知道的？”

“我认识你五年了，”她说道，“这些年也陪你经历了不少风风雨雨。”

她说这话的时候面带着微笑。

她总是很快活。

她身上总有积极向上的阳光面。

电话另一头却顿了一下。

“什么雨?”他问道。

“就是雨，亲爱的。”她还是微笑着说道。她可以看到他的大脑正在纠结这个问题。这简直太好玩了。“如果他的读者看到他这副模样，肯定会大吃一惊。”她心想。

“下周一起吃午饭怎么样?”他问。

“可以啊，”她说，“什么时候?”

“可能下周三。我周一给你打电话确认一下。”

“太好了。”她回应着，但是她很清楚他周一不会打电话过来，他们周三也不会一起吃午饭。甚至可能几个月都不会有他的消息，直到某天夜里，就像之前一样，他会突然打电话过来，问问他能否过去找她。他可能会来，可能不会来。

谁也无从得知。

他真是有点疯癫，但是她还是很喜欢他，因为他总是能在不知不觉中逗乐她，而且他床技不错。他在床上的表现没有他认为的那样了得，但是的确不错。

她对他也没有抱有太高的期待。

在他挂电话之前，她又忍不住逗了一下他。

“你知道我想去哪里吃饭吗?”她说。

“你想去哪儿?”他问。

“我们几年前经常去的那家意大利小馆子。你还记得吗? 就是在哥伦布大道上的那家，有个胖胖的服务员。”

“哦，是的!”他回答道，但其实想不起来。

“我想去那里吃饭。”

“当然可以，”他说，“肯定很不错。我们就去那里吃。我周一给你打电话。”

“太好了。”她说，“我迫不及待了。”

他再没有打过电话。

他们也没有共进午餐。

肯尼迪角

零下 6 度还在上升。

零下 5 度还在上升。

零下 4 度还在上升。

零下 3 度还在上升。

头发

挂断电话以后，他在想自己为什么要给她打电话。他很喜欢她，但是现在并不想见她。也许以后会想见，但至少不是现在。

“我刚才到底怎么想的啊？”他大声地自言自语着，“我怀疑我是不是疯了？”

好比一只鸭子不知道自己为什么一到秋天就要南飞，或者一头老骆驼有一天突然发现自己背上长了一个驼峰。

他走进浴室接了一杯水，发现水槽里有一根黑色的长发。看到这根头发，他的心像一块大石头一样往下沉。他小心翼翼地捡起头发慢慢查看。他真的很难相信现在他手里有这样一根头发。

仔细检查过以后，他把头发带回了客厅，坐回了沙发上继续凝视这根头发。

他把头发在手心里慢慢地翻来翻去，然后夹在指间揉搓。头发完全吸引了他全部的注意力。

他被这根黑色的长发迷住了，不禁遐想连连，在自己的想象中把它变成了千百种不同的形态。

他就坐在那里盯着这根头发看。

一根日本人的头发。

耳朵

零下 2 度还在上升。

零下 1 度还在上升。

0 度，发射！准备好了！准备好了！

一辆州属的警车驶过一个拐角，然后停在了暴乱地区的边缘。这辆警车是无意中撞上了这场骚乱。他们对自己拐过弯来会碰到什么事一无所知。他们在无线电里也没接收到任何有关这场暴乱的信息。他们只是开车穿过小镇，向北行驶了几英里路。他们有时候会在那里设置一些测速拍照点。

“这是在搞什么鬼！”一名州警对搭档抱怨道。“接通无线电！”他紧接着说道，“镇子里的警察都跑哪里去了?”而他开口说出的第四句话是:“我们需要援助!紧急援助!”

而他的搭档这时候终于说出了第一句话。“他妈的!我今天下午还打算回家参加孩子的生日派对。这帮人在搞什么鬼?”

人群原本几乎没有注意到警车的存在,直到那位多嘴的州警走下车,而他的搭档一边用无线电联络一切可能的外援,一边向空中射了一枪。

那个警官朝空中鸣枪的操作相当差劲。和你在电影或者电视剧里看到的桥段可以说毫无关系,因为他竟然一枪打掉了一个优雅老太的耳朵。他直接把她的耳朵从头上射了下来,鲜血溅了周围人满身。

他本来应该要让这群暴动的家伙冷静下来,而这一下完全是火上浇油。

镇子上的图书管理员被射掉了耳朵以后,人们群起袭警,真的把他一片片完全撕碎了。他们还把他的搭档也从警车里拖出来,给了他一个痛快。但是在此之前,这个警察已经射伤了三个公民，包括那个镇上的图书管理员。这是她五分钟内第二次中弹。

一颗子弹又带走了她的另一只耳朵。

现在这个小镇上多了一个没有耳朵的图书管理员。

很多城镇都不可能容忍这样的事发生在眼前，而这座小镇就是其中一个。杀掉两个警官以后，人们把他们衣不蔽体的尸体扔到了那辆燃烧的汽车上。

人群此时已经停止了内斗，他们团结起来，愤怒地抵抗着这些贸然闯进来射掉了镇上图书管理员耳朵的外地警察。

现在他们是兄弟姐妹了。

黑色的火焰像龙卷风一样直冲蔚蓝天际。烧警车和烧警察的气味混杂在一起。

人群热烈欢呼着。

他们尝到了鲜血的滋味。

还不够，他们还没尝够这滋味。

这时又有两辆警车抵达了现场。没几分钟，

警察和人群之间就爆发了一场枪战。

人群用上了死掉的两名警官的武器。

而警察则用霰弹枪开始扫射，试图驱散人群。人们也不甘示弱，开枪反击，并且团结得像一个人般地冲到警察面前，用一面人浪压过警察的威势。

街上乱糟糟的，到处是伤员和生命垂危的人。

随后就出现了两辆燃烧的警车，上头丢着两个烧焦的警察，他们是车子的前主人。

许多人已经冲回附近家中取枪，想武装起来抵抗这些射掉了镇上图书管理员耳朵的外地人。

他们绝不会袖手旁观，任人宰割。

“外地人都去死！”有人喊了起来。

“去死！去死！去死！”人群高呼。

人们心情沉重。

又有几辆州警的车开过来了，但是他们很快就被镇上居民密集的炮火给赶跑了。

这些州警也根本不知道小镇到底怎么了。这里一直都是一个很典型的友善小镇。就像所有人都突然中邪了。

来了更多州警的车。一些警察被赶跑了，一些警察杀了一些居民又被反杀了。

警察决定不贸然闯进去开枪了，他们要增加外围看守的人数以积攒足够的警力，这样可以一举攻下这座小镇。开枪之前，他们也会试着劝服人们放下武器乖乖投降。

他们还觉得自己可以和这个小镇讲道理。

州长已经得知了小镇上的情况，正坐着直升机赶过来。附近小镇的警局也增派了人手去支援突袭队。重头戏还在赶来的路上——那是一辆从国民警卫队处借调来的装甲车。车上配备了两挺50口径的机关枪①，这应该够用来和任何暴乱的人群“讲道理”了。

负责管理整个州警部门的警察队长和州长说，事态过几个小时就能得到控制。

他们正在通电话。

---

① 指口径为0.5英寸（约12.7毫米）的机关枪。

他们刚刚各自登上直升机准备飞往现场。

“底下到底怎么回事?”州长问道。

“我不知道,”警察队长回答道,“但是我们肯定会尽快控制住局面。”

州长告诉警察队长他要亲自下去到现场看看发生了什么。州长可不希望阿提卡监狱暴动这样的事情在他的辖区发生,他的这个州是自由派的。在他看来,当年纳尔逊·洛克菲勒应该亲自前往阿提卡监狱控制局面。他可不能犯任何重大的政治过错,因为现在他正在准备秋季选举。他很想连任,他决不允许这一切都被毁掉。

一个有着一万一千人的小镇突然发疯,并且开始屠杀警察,这绝对是一个爆炸性的政治事件。他希望事态能得到控制。

而警察队长则不希望州长亲自过去一趟,他觉得这样显得他处理局势的能力不足。他是一个很骄傲的人。他已执掌州警局的工作九年了,一路打拼升迁到如今的位置。

他更是作为州警工作了长达三十二年之久。

“我四十分钟左右就到。”在通知警察队长自己打算亲自去一趟以后，州长又估算了一下。

“你没必要下去一趟，”警察队长说道，“这事几个小时就控制住了。我一到那里就会把事都办好的。然后我会回到首府给你一份一手汇报。”

州长说：“这是我的州。我四十分钟以后就到。我不希望我的州里也来一个阿提卡事件。”

“阿提卡?”警察队长问道。

“没错，就是阿提卡!”州长吼道。

“哦，阿提卡。”警察队长回答。他很想搞明白州长到底在胡说些什么。他看了一眼自己的手表，好确认是否已经过了午餐时间。有时候州长在午餐的时候会来上那么两杯。

这个州里盛传着一个小笑话，说州长最起码要到下午三点以后才能干点儿正事。他那会儿才刚刚醒酒。

警察队长几乎可以想象出电话听筒里传出的威士忌酒味。他打了一个冷战。他以前也喝得很凶，但如果他想在州警系统里升职，他就必须戒酒。所以他戒酒了。这对他而言真的很不容易。

他很喜欢喝威士忌，而电话那头的州长已经喝得有点醉了，他还想插手警察部门的事。现在他又得操心州长会不会也挨枪子儿，搞砸他处理这场暴乱的部署策略。

“一会儿在下面见。”州长一边说一边等着电话那头的回应。对方得搞清楚谁才是这里的老大。

“好的，长官。”警察队长答道。

溺水

他还坐在沙发上一动不动，眼睛盯着手里的那根黑色长发。而他的想象世界也完全静止了，连一只老鼠都穿行不得。他的整个生命里现在只剩下这一根日本人的头发。他已经感觉不到世界的存在了，好像除了这根日本人的头发以外，他的生命中从未有过任何别的东西。

他用手指翻来覆去搓着那根头发，结果一下没控制好头发就掉了下来，消失在了地板上。他惊慌失措地跪在地上急切地四处寻找，但是这一根头发好像不想被他找到。

他完全变成了一个疯子，在地板上四处乱爬寻找着那根日本人的头发。

他一边找那根头发，一边简直想大叫出声。他觉得如果现在找不到那根头发，他绝对会疯掉。

他就像一个溺水者一样，眼前开始播放起这一生的走马灯，而这一切都是因为弄丢了那根属于日本人的头发。

列车长

列车长是一位和蔼可亲的老先生。他听见镇中心的枪声和动静的时候，就跑出了站台去打听发生了什么。情况就是他的老婆被枪射丢了一对耳朵，随着事态进一步恶化，她被一枪打死了。

他的妻子就是镇子上的那位图书管理员。

第二批州警赶到现场和人群展开了枪战，就是这时候她又中了一些子弹。

听到有人告诉他，他妻子已经死了，还没了耳朵，列车长也激动起来，他告诉大家有一列满载武器弹药的火车正在车站等着。

他不知道到底发生了什么导致如今这样的局势，而自己的妻子惨死其中。但无论如何，他已经准备要去战斗了。他要不惜一切代价去报仇，不会去纠结细节上的对与错。

他就站在那里，盯着自己妻子没有耳朵的尸体看了好一阵，然后大喊起来："拿枪杀人!"

这就是他的开场白，通知了所有人几个街区外就有满满一列车的军械库可以取用。

"拿枪杀人!"他反复大喊着。

二十分钟后，小镇居民就全副武装，配上了世界上最精良的武器装备。

人们似乎颇为认同列车长叫大家去拿武器时的第一句开场白。现在所有人都在大喊："拿枪杀人！拿枪杀人!"

他们在空中挥舞着自己的枪。

"拿枪杀人!"

其中一些人甚至朝空中鸣枪。

"拿枪杀人!"

这群浑蛋……

M－16

不知怎么的，镇长、堂兄和那个无业游民最后也全副武装了起来。他们都端上了M－16步枪和许多手榴弹。

镇长嘴里还在大喊他的车牌号："AZ 1492！"

他的理智已经崩溃了，但是有人给他塞了一把枪、一些子弹和手榴弹。反正也没人在意这些了，所有人陷入了癫狂。

而堂兄和那个无业游民还在那里哭。但是他们现在把步枪紧紧抱在自己哭得发沉的胸口。

当他们有枪的时候，他们想的是就算他们在哭也能一边开枪。

能扣动扳机的手指有一个算一个。

镇长和那两个家伙几乎完全不知道他们已经被武装上了。

他们笨拙地揣着步枪，就像揣着几根棍子。

“AZ 1492！”镇长大喊。

“不，”一个年轻的越战老兵纠正道，“这是M－16，比不上AK－47，但是也还能用。”

柠檬水

他为了一根日本人的头发陷入了绝望，与此同时，在旧金山里士满区，有一头长而秀美的黑发正在沉睡。

谢天谢地他还没想到这一点。

他会把这个联想也变成一种剃刀般锋利的痴狂。这也会加剧他对这段和日本女人的情爱关系的结束的绝望感。

“现在我变成了一个疯子，一个寻找着一根日本人头发的疯子。而过去两年间，我明明可以摸到一整头这样的头发。”

这种想法一定会把他变得很可怕。

他人生的谷底将一跌再跌。

是的。幸好他在地板上乱爬、整个生命轨迹都在眼前走马灯般转动的时候他还没想到这个念头。

他溺进了一根日本人的头发里。

那一根落发就如同坠入太平洋中心。他挣扎着保持呼吸，而他的生活就像一部曝光过度的家庭自制影片在他脑海的客厅中一幕幕闪过。而他所有的亲戚、朋友和情人会在炎热的夏夜端着一杯冰柠檬水观看。如果他们出现在了屏幕上，他们会觉得兴趣盎然；而当他们在屏幕上消失了，他们又会觉得索然无味。而除了他的情人外，所有人都对他和谁上过床很感兴趣。

而这部电影只缺了一个人。

而她正在十六个街区之外沉沉睡着。

她有一头足够长的黑发，一头日本人的黑发，足以让他永远沉溺其中。

鼻子

那顶墨西哥大草帽孤零零地躺在街心：边上只有一些烧成焦炭的警车和一堆尸体。

许多人端着枪走来走去，但是没人注意到这顶大草帽。而那顶帽子的温度还是0度。但有意思的是完全没人留心这顶草帽。按理说有这么多人在街上走动，肯定会有人注意到这顶帽子然后把它戴到头上的。至少应该会有人试戴一下，然后发现这顶帽子冰凉彻骨。

但并非如此。

每个人都从这顶帽子边上走过，好像这顶帽子是隐形的一样。但这顶草帽肯定不是隐形的。它就像脸上长了一个鼻子一样明显。你不可能漏看的。全世界都可以一下子看到这顶帽子。

一个老头突然直勾勾地望向了那顶大草帽，然后走了过去。但是当他走到距离帽子大约五英尺[①]远的地方，他停住了脚步，然后直直地往下看去。

他站在那里，盯着一小块被炸下来的人体组织看。原来这才是他一开始想找的东西。他走过来也不是为了看这顶帽子。只是因为这顶帽子和那一小片人体残片正好在一条直线上。

这个老头从没见过这么大的一块人体组织，而且没有任何别的其他组织粘连在上面。

他被深深吸引住了。

---

① 5英尺约为1.524米。

飞碟

州警和附近的执法人员在小镇外面设立了据点，等待着负责这一切的警察队长赶来亲自指挥行动，控制住从由一顶从天而降的大草帽发展成如今这一场武装叛乱的局势。

小镇里时不时传出激烈的枪击声，他们在寻找这些盘踞在镇子外的警察，而警察则在等待着警察队长的到来，这样他们才能继续平息这场叛乱。

蹲守在壕沟里的警察们很想搞清楚小镇上到底发生了什么，这里的人怎么都变成了杀红眼的叛军，但是他们百思不得其解。

他们完全不知道那顶帽子的存在，也不知道

它从天而降以后所发生的一切。

“那里到底怎么了?”一名州警警长对着另一名从邻镇借调来的副警长问道。

“我也不知道,”副警长说,“都他妈的疯了。我之前从没遇到过这样的事。我希望千万别是什么飞碟之类的事。”

“飞碟?”警长问。

“就是飞碟,”副警长解释道,“就是一种外太空的不明生物,可以控制人的大脑。就是飞碟。”他反复说着,“就是飞碟。火星来的飞碟。”

说话时副警长的眼睛闪闪发光。

警长找了个借口走开了,他又去找了另外一个警察搭话。这个警长最不能忍受的就是疯子,即便他们是同事也不行。他有一个姨妈就是疯子,他小时候都和这个姨妈住在同一个屋檐底下。他家人不愿意把她送进精神病院。他爸爸总是说:“我们家不能有亲戚被送进疯人院里。”所以他的姨妈就一直和他们住一起。她疯得很厉害。

每年圣诞节,他们都只能一直把她关在她自

己的房间里。不知道为什么，圣诞节好像会把她刺激得更加发狂。童年时每个圣诞节他都是在听着这个疯姨妈的尖叫捶门声中度过的。

而这个副警长找了全世界最不愿意听这一套飞碟理论的人说这些东西。

警长看了一眼副警长，打了一个寒战。

提琴

猫喝水润了润嗓子，吃了点宵夜，又回到了它熟睡的女主人身边。

猫跳上了床。

猫在她身边睡下了。

猫不慌不忙地舔了一会儿前爪。

猫就像用琴弓拉慢板小提琴曲一样用舌头舔着自己。

猫一边舔一边呼噜呼噜。

猫开始呼噜起来，雪子又开始做梦了。但是这次她梦见了美国。她梦见了西雅图。

又是这样：在梦里，她的父亲总是一个看不太清的存在。他就在那里，但是却没有成形的实体。他就是你在梦里看不见的一切。

又是这样：这也并非一个令人不快的梦境。

梦里下着雨，她行走在雨中。这是一场春雨而非秋雨，这是西雅图而非京都，她正要去拜访一位女友而非父亲的坟墓。

猫不再舔自己了，也进入了梦乡，但是它的呼噜声没停。

它在梦中继续呼噜呼噜，因为它的呼噜声不停，日本女人得以继续做她的美梦。

猫的呼噜声就是日本女人梦的发动机。

梅勒

与此同时，广播电台和电视特别节目都开始播报这个小镇上的叛乱事件。有些人的亲戚朋友就住在这小镇上，他们非常担心，试图开车进入小镇，但是警察设置了路障，人们只能原路返回。

当然了，也有那种只是想找点刺激、爱凑热闹的家伙混在里面，但他们也被路障拦住了，只能掉头返回。

事件正在发酵。

这个小镇上发生的事已经被各家通讯社传出了一个乱七八糟、驴唇不对马嘴的版本。距离小镇进入大规模的媒体曝光还有一个小时。俗话说得好，这就是暴风雨前的宁静。

几个小时以后，媒体就会向这个渴望听到大新闻的世界发送每一个真假难明的细节。然后全世界都会被这个位于美国西南地区、全体居民集体发了疯地和军方对着干的小镇吸引。

诺曼·梅勒 16 个小时以后会抵达这里。

在附近的小镇走下飞机时，他会显得很疲惫。

这是一次漫长而痛苦的飞行。

“这儿怎么了？”这会是飞机落地以后他的第一句话。

然后会有一些记者等着采访他。他们都很紧张，因为他们都很年轻，也都很喜欢梅勒。

然后梅勒就会充满怀疑地看着这些记者。他不明白为什么这些人要采访他，而不是前往小镇记录那边的现场。

“你就是诺曼·梅勒吗？”其中一位记者紧张地问道，尽管他很清楚那就是诺曼·梅勒本人。但是他还是站在这里，手里拿着纸和笔，等着诺曼·梅勒承认他就是诺曼·梅勒，然后他就可以把这记录下来了。

梅勒说："得去干活了。"他走到一辆在一旁等候的车边上，准备前往小镇。

那个年轻的记者还会对同事说："那就是诺曼·梅勒吗?"就连他的同事也对他的发问感到不适了，尴尬地别过头去。

"那就是诺曼·梅勒。"这个年轻记者会自言自语道，因为诺曼·梅勒已经走了，而他的同事也看向了别处。

"诺曼·梅勒。"年轻记者在自己的笔记本上写着。这就是他全部的记录。

诺曼·梅勒。

电话

我们来到了下面这段故事发生的 16 小时之前，现在让我们把时钟再拨回去。广播电视上到处是有关这场叛乱的新闻，人们开始给小镇上的亲朋好友打电话，想知道发生了什么。小镇上电话铃响个不停。

成千上万个电话打了出去，但是无人接听。镇上到处都有电话铃声，但是镇上的人置若罔闻。他们完全沉浸在暴动和疯狂之中，武装到了牙齿，准备随时和美国军方大干一场。

镇上的电话铃声响了又响，响了又响，响了又响。

非常诡异。

电话就是响了又响，响了又响，响了又响。

整个小镇都没人接电话。

人们在电话那头只能听到毫无回应的铃声。

这个小镇仿佛已经脱离了本世纪。

小镇完全与世隔绝了。

逻辑

就在这位美国幽默作家的理智即将沉入海底时，逻辑思考力就像一件被丢到他身上的救生衣，他终于从溺水状态中挣脱出来。

他的大脑突然变得格外清晰连贯。

他从地板上爬起来，径直走进厨房。

他打开抽屉拿了一个手电筒。

然后他又走进自己写作的房间，拿了一个放大镜。

是的，现在是逻辑思维支配着他。

他再次小心翼翼地跪在了地上，打开手电照亮了地板，然后拿着放大镜找了起来。

他一寸一寸地摸索着地板。

他现在就像一个儿童天文学家，正在用一台“西尔斯”牌的望远镜观测天空，试图寻找一颗新的彗星。这颗彗星会以他的名字命名，因为它偶然地出现了在他的望远镜镜头里，而且之前没人看到过这颗星星；或者之前已经有人看到过了但是他们懒得说，觉得肯定已经有别人发现了这颗彗星。

而他和天文学家唯一的不同，就是他并非在天空中寻找能使自己声名远扬的机会，而是趴在地板上搜寻着一根日本人的头发。但片刻之后，当他看到那根头发就在那里，他也会和那些天文学家一样充满了发现之喜。它就那样孤零零地躺在那儿。他搞不明白自己为什么之前就是没看到，因为这根头发明明就在他眼前。

“生活很神秘。”他一边琢磨着一边小心又快活地捡起了头发。按照他捡头发的那副样子，这根头发估计是很难再掉下来了。

换句话说：他牢牢攥住了一根日本人的头发。

飞行员

与此同时让我们再回到废纸篓里——

有两架直升机正飞向这个人间炼狱般的小镇，一架飞机上是负责整个州警部门的警察队长，而另一架上正是州长本人。

州长很快就醒了酒。

“我不能让这件事发展成另一起阿提卡暴动。”他心里盘算着。

他转向了直升机上他的一名副官，问他还要多久才能抵达小镇。

副官又去问飞行员。

飞行员说：“你说什么？”

他很震惊。

“我们还要多久才能到？”副官重复了一遍问

题，不知道飞行员是怎么了。

“哦。没什么，我还以为你说了别的。”飞行员说。

“你觉得我说了什么？”副官问。

“没什么。我就是以为你说了别的。”飞行员说。他无论如何都不可能告诉副官他刚才以为对方说了什么，他会被吊销飞行员执照的。他可不想被吊销执照，所以他宁可装傻。装傻总比被人认为是疯了要好。

“我们到底什么时候能到那里！”州长对着副官大吼道。其实州长自己去问一下飞行员也很容易，因为他就坐在飞行员身边，而副官则坐在飞行员身后。

飞行员刚想侧过身告诉州长时间，但是他立刻意识到有所不妥，所以他管住了自己，轻轻转过头对坐在他身后的副官解释道：“大概十五分钟。”

“十五分钟。”副官回答了州长。

“十五分钟。”州长重复道，脑子里还在想着阿提卡的事。

女招待

警察队长坐在直升机里相当恼火。他一直很喜欢前任州长，他和对方相处得很愉快。

他不喜欢现任州长，他们的关系充其量只能说是马马虎虎。

警察队长不喜欢州长大中午喝酒，而州长在首府时甚至一直和一个酒吧女招待有一腿，可是他已经结婚了，还有三个孩子。

州长非常小心地隐瞒了他和女招待的关系，但还是有很多不应该知道这件事的人知道了。

直升机在空中呼啸而过，警察队长离这个已然疯狂的小镇越来越近，也越来越担心州长会在那里现身。

警察队长觉得这不过又是一场哗众取宠的政治秀，州长过来一趟完全没什么好处，完全没有。

这个该死的小丑怎么就不能好好待在他的首府喝个烂醉，乖乖地和他的女招待员乱搞，然后把警察的事留给警察去处理?

春天

雪子的梦正值西雅图美丽的春日。雪子在梦境中漫步，繁茂的花朵在旺盛到不可思议的浓绿之中竞相盛开。

她正在前往朋友家的路上。

她要去拜访一位挚友：这是一个白人女孩，她们保持着通信，而且每年都会最起码在西雅图或者旧金山见上一面。

梦中的雪子在她 15 岁那年。

雨不急不缓地下着。雨水有点凉，但是她穿着防雨的外套，所以没什么不舒服的感觉。雨水凉丝丝的，但是她却感到温暖干爽。

她带了一把伞。

这是她父亲在日本给她买的一把伞，她经常颇为爱惜地带在身边。

正如之前提及的，雪子的父亲在梦中是一缕精魂，他没有一个实实在在的躯体。他就是梦中你所看不见的一切事物。他没有自杀，他还存活在她的梦中。

仅此而已。

他在梦中活着。

他活着的模样就是梦中你所看不见的一切事物。

爱

州长从直升机的窗口望出去，看见了另一架直升机，这时“阿提卡”三个字就像漫画里的气泡对话框一样浮现在他脑袋里。

“那是警察队长。”他的副官解释道，他也注意到了这辆直升机。

“是的，就是警察队长。”州长的嗓音里透露出他认为这个警察队长一无用处。他们之间没什么感情可言。

小镇渐渐出现在他们视线里。

两架直升机片刻之后就会抵达。

警察队长看了看州长的直升机。它们之间只有四分之一英里远。看到了州长的直升机，警察队长十分不快。

“他妈的。”他心里暗骂。

随后，警察队长接通直升机上的无线电，联系了小镇附近的一支州警部队。“那边到底发生了什么?”他问道。

“所有人都疯了。”另一头汇报道。

“好。我会处理的。”警察队长说道。

他是一个非常高效的警察。他还有点傲慢。这种傲慢是他戒酒的后遗症之一。

警察队长突然发现两架直升机之间的距离拉近了很多。它们之间目前只有 100 码[①]左右了。

他问飞行员：“我们是不是飞得太近了?”他又指了指天上另一边州长的直升机。

“没有。一切正常。”飞行员回答道。

与此同时，州长的飞行员转头和副官重申了一遍他们飞得不算太近。

“别太担心，”他对副官说道，“这飞机上坐的可都是大人物。”

---

① 100 码约等于 91.44 米。

如果这件事变成了另一起阿提卡暴动怎么办？州长心里琢磨着。那肯定会算在我头上。连任选举的钱都已经准备好了，我可不想搞砸了。

衣服

这位美国幽默作家坐在沙发上，手里攥着那根头发，心里很高兴。他紧紧地捏住那根头发，绝对不会再把它弄丢了。他就坐在那儿休息了一会儿。为了找这根头发真是费足了劲。

但是都过去了。

他再也不会弄丢这根头发了。

他找到它了，心里很得意。

他盯着手里这根头发看。

然后就展开了他的想象。

头发变成了他和他失去的日本女人之间的一座桥梁。他想起自己第一次摸到她头发的情景。那天晚上，他在酒吧遇到了她，她跟他一起回到了公寓。

她更先脱了衣服躺到床上去等他，看着他脱光衣服。

然后他就和她上床了。

他们的身体在被子的掩盖下第一次发生接触的时候，他觉得自己好像触电了。但是一种更抽象的感觉很快取代了他触摸她的时候的电流感。

他觉得有点晕眩。

“我在和一个日本女人上床。”他心想。

尽管他能感觉到他们的身体正触碰着彼此，但这一切对他来说突然变得很不真实。她的皮肤和其他女人的皮肤也没什么两样，但他觉得自己之前从来没摸过这样的皮肤。

她把手轻轻地放在他的肚子上，他也自发地伸出手来，捧起她的头，把身体转向她，让她的嘴唇朝向他，然后轻轻吻住了那对嘴唇。

那也是他第一次抚摸她的头发。

他抚摸的动作很优雅也很自信。这让她兴奋了起来。她不知道他在床上是这样的表现。接下来的两个小时里，他们一直在做爱。他的动作很老练，但并不机械单调。

她对他的表现很满意，两度达到了美妙的高潮。她一般只能高潮一次，所以第二次高潮的时候，她自己都很惊讶。而有时候即便她能有第二次高潮，那通常也是比较小的一次高潮。但是和他做爱，她的第二次高潮几乎和第一次一样猛烈，她几乎要尖叫起来。

他也惊讶于她做爱的时候竟然会发出这么大的动静。他还以为她做爱的时候也很安静，毕竟她一直表现得很安静。

她的呻吟让他兴奋不已。因为反差太大了，所以他觉得很刺激。

他们做爱的时候，他一直抱着她，伸手抚摸她的头发，感觉到她的头发也在轻轻爱抚着他的后背。

他们终于做完了爱，然后静静躺在了彼此身边，带着几分空洞地抚摸着彼此的身体，因为激情已经把他们身体中的现实都带走了。他觉得自己好像来到了一个从未来过的地方，而要到达这里，唯一的通行证就是一个日本女人，她在做爱的时候不停地呻吟，叹息，呻吟，然后几乎尖叫起来。

那也是他第一次抚摸她的头发。

有一次他还轻轻咬了她一口，但是动作很小，只是让她发出了一种轻微的声响，类似于两条樱桃树树枝在春日下雨的夜晚，在四周温暖而呼啸的大风中摩擦在一起发出的声音。

而两年后，他坐在那里，手里拿着她的一根头发，像个疯子一样盯着它看。

沉默

地面上有几个州警正在观察着那两架越靠越近的直升机。

“这两架直升机飞得真近。”其中一个说道。

“是的。”另一个回应道。他是一个高大威猛、勇敢忠厚的警官，但是他不是什么很擅长思考的家伙。一般别人怎么说他就怎么附和。

第一个警官接着说：“看得我有点紧张了，这上面坐着的是警察队长和州长啊。他们为什么非要飞这么近？我不明白。”

而这位不是很聪明的警官只是摇了摇头。他搜肠刮肚也找不出什么合适的词来赞同这番言论，所以他只是简单地摇了摇头。

而且这其实和随便说点什么完全是一样的效

果。他有时候也会想，人们到底为什么非要说话？如果人和人不再交谈，那他也不用紧张地搜肠刮肚要想出一些回答来应付他们了。

他的理论就是说话就是浪费时间。

有那么三四回，他逮捕了犯人，但是一句话都没和他们说。

“我做什么了你要逮捕我，警官？”

沉默。

“我要维权！”

还是沉默。

“你不能不说明白我到底做了什么就把我铐起来。我表妹是律师！”

更深沉的沉默。

“老天爷，痛死我了！我真的不敢信。我是不是在做梦啊！现实生活中不可能发生这样的事。痛痛痛！别铐这么紧！”

他们只是在对着一片空空如也的幽蓝沉默在说话。

“我应该会醒吧。”

玩偶

在梦里，雪子可以看到车、树木、花朵、房屋、草坪、栅栏，还有一些她不认识的人在雨天忙着自己的事儿，而她的眼睛所看不到的一切，则是她父亲还活着。

他没有自杀，她也没有一个叫她“中国娃娃”的继父。

雪子很期待见到朋友。

她享受着淅淅沥沥的小雨落在身上。

她感觉到父亲就在她身边。

他就是她所看不见的一切。

她高兴地撑着伞，好像带着一根魔杖。

沙扬娜拉

空中大碰撞的场面十分壮观。

两架直升机就像两个高大而笨拙的家伙，在一场地震中在旋转门里缠在了一起。

情况急转直下。

再见了，警察队长。

沙扬娜拉，州长。

哐！

再会

总统

小镇和外界之间的敌对情绪愈演愈烈，像一场从树冠上蔓延开的森林大火，一场双方以 90 英里的时速迎面撞上的车祸，或者是一场龙卷风在万圣节期间袭击了一家软糖厂。

太可怕了。

警察队长和州长双双身亡以后，围攻这个小镇的警察队伍里出现了巨大的混乱。

在混乱中，他们向小镇发起了全面进攻，结果被打得屁滚尿流。由于小镇情绪失控，征用了一整列火车的军火弹药，现在这个镇子的火力强得可怕。

撤退中的警察都被小镇守军的怒火和他们强

大的火力惊呆了。

人们或死或伤。

实际上，他们几乎可以说是全军覆没了。

很快，他们的进攻和随后的溃不成军都被认为是一场屠杀行动。不过这种说法只持续了几天，因为美国总统就此发表了一场战地演讲，呼吁和解和治愈国家的创伤，迅速遏止了这种说法。

镇长也杀死了一个警长，打伤了一名突袭的副警长。

他的堂兄和那个无业游民还在哭，他们只能对着彼此开枪。这完全是一个意外，但他们俩还是死了。

你还能说什么呢?

都安息吧。

紧急情况

四个小时以后，国民警卫队调动了坦克车、装甲车和炮兵部队与小镇居民展开激战。数千个居民手持全自动机械化武器，困兽般地对警卫队疯狂反击。

越战结束以后，这个州的国民警卫队就不太行了。他们开会和训练都相当马虎，态度也很糟糕。所以他们现在突然要和一个全副武装的狂暴小镇正面对上，他们的精神态度也没端正起来，只觉得简直算见了鬼了。

国民警卫队在短时间内损失惨重。州长死了，警察队长死了，很多执法人员突然都死了，国民警卫队也被彻底击溃，整个州现在都陷入一片混乱。

必须得做点什么了。一位州议员给总统打去一通紧急电话。

总统静静地听了十分钟电话，然后开口说道："我会授权让联邦军队入场。我们会帮你控制住局面的。所以你完全搞不清这件事是怎么开始的，也不知道为什么会这个样子?"

"不清楚，"议员回答道，"我们有了一些猜想，但是还没有具体确定下来。还在研究。"

当然了，这个州议员其实根本没什么头绪。

现在华盛顿的机场里就有一架飞机在等着立刻把总统送去现场。他也完全不知道到底发生了什么。他只知道州长死了，成百上千个警察死了，国民警卫队的人也损失惨重，整个小镇莫名其妙地就疯掉了。

"谢谢你安排军队进场，总统先生。"

"应该的。"

喇叭

伞兵、特种兵、突击兵、正规军队全部抵达现场以后，这个小镇还负隅顽抗继续血战了三天。

战斗间隙，一个直通白宫的无线电广播播报了一则总统向小镇居民发出的请求，恳请他们停止战斗，自愿投降。

陆军工程兵团用大喇叭把这个小镇团团围住，不断播报着这则总统发来的讯息。

而此前一直在狂轰滥炸扫射小镇的美国战斗机从空中投下了数千份匆忙印刷的传单，承诺只要小镇愿意投降，保证不动他们一根指头，还会好好倾听他们的所有诉求。

而迄今为止，小镇居民和外界的唯一联系就

只剩下了炮火。

他们没有发布任何声明或者提出任何要求。

他们没有诉求。

他们只是想要看到鲜血直流。

他们也得到了他们想要的。

虽然小镇居民对三方袭击者都造成了重创，但是他们自己也伤亡惨重，特别是在大炮和炸弹也加入狂轰滥炸以后，情形更为紧张。但是居民们都很勇敢，在敌方压倒性的优势下坚持着战斗。

他们是真的有勇气。

镇长成了大家心目中的英雄。他接过了对镇民们的军事领导权，出色地指挥了战斗，虽然最后输了。

只是镇长现在还是时不时地念叨着他的车牌号码，不过他在下达命令时从不会念叨他的车牌。他大概每个小时都要念叨一两次他的那个车牌号。

居民们亲切地给了他一个绰号。

大家管他叫车牌上将。

头版头条

“我们都是美国同胞，”总统用这种方式开启了广播，“我们勇敢、忠诚，忠于美利坚。我们不能再让美国人抛头颅洒热血了，我们的鲜血宝贵，绝不可浪费。我们鲜血中蕴含的神圣能量必须用来为全体美国人谋福利，用来捍卫这片令人骄傲的土地的荣光。”

如此等等。

世界媒体抓住了这个机会对着美国这次付出的代价大做文章。

《真理报》的头版头条写着“来自前线的误会”。

《中央日报》评论这一事件“很不幸，但很美国”。

德国《明镜周刊》的头条则是“一个美国悲剧”。

《泰晤士报》则将其称为“美国佬又来了”。

法国人的《世界报》则提出一种理论上的假设，认为这可能是美国人的一种新型运动，类似橄榄球。

“放下武器，”总统在广播进入尾声时总结道，“让我们再次拥抱，在全能而宽和的上帝面前，让美国人拥抱美国人。”

而小镇居民对此的反应则是对他们认为可能藏有大喇叭的任何地方开枪还击。

而那些由低空飞行的战斗机播撒下的成千上万的劝降传单都被他们用来擦屁股了。

午睡时分

至于那顶墨西哥草帽呢?

它很快就适应了战争环境，继续躺在街心，小镇的居民都没人注意到它的存在，它也奇迹般地完全没受到四周不停歇的军事行动的影响。

尽管已经有数以百万计的子弹、弹片、火箭炮、炸弹之类的东西一股脑袭来，它们已经摧毁了触目可及的一切事物，但是这顶帽子就是毫发无损。

它就是躺在那里，远离纷纷扰扰。

还是 0 度。

这顶帽子看起来就像在午睡。

这真是一顶四季皆宜的好帽子。

坦克

军人们也被诺曼·梅勒的勇气震惊了，他一次次地顶着小镇居民的巨大火力，对这场叛乱进行一线战地报道。

他跟坦克部队一起出发，试图攻进小镇。但是狂暴的小镇居民们持有反坦克火箭弹，部队损失惨重。

进攻不到片刻就有九辆坦克车被击毁，一些被焚烧，还有一些则被火箭弹炸得四分五裂，安详地阵亡了。

诺曼·梅勒乘坐的那辆坦克也被击中，车内两人丧生。而梅勒则和其他士兵一起爬了出来。他们身上沾满了死者的血。到处都是胡乱射击的小型武器，他们身边的空气好像都能擦出火花。当时的情况真是间不容发，但是梅勒奇迹般地死里逃生了。他刚刚回来就接受了电视台记者的采访。他满身是血，看起来就像身负重伤。

“那边情况如何?”这是梅勒被问到的第一个问题。

当晚大约有一个亿的美国人看到浑身染血的诺曼·梅勒说：“地狱。没有别的话好说了。那里就是地狱。”

理发店

鏖战三天后，小镇被拿下。

超过六千人死在小镇里，其中包括一百六十二个被火箭弹击中的受伤的孩子。当时他们正躲在由一家公立学校的地下室改造的临时医院里，火箭弹射了过来。

小镇镇长——那位“车牌将军”——宁可自杀也不愿意被俘。他朝自己的心脏开了一枪，但是没有立刻死去。他又苟延残喘了一阵，大喊道：“AZ 1492!”

他的三名战友站在那里哭。

镇长濒死的面容上露出了一丝细微的笑。

“他妈的。”其中一人咒道。

然后他们扔下了枪，高举双手，走出了理发店的大门。这里被改造成了小镇保卫战的指挥部。

镇长死在了那张理发椅上。

他尽力了。

虽然还不够。

但他仍然是一个足够勇敢的人。

他拼尽了最后一丝力气。

你还能说什么?

他可是个美国人。

亲笔签名

即便联邦军队的成千上万人入驻了小镇，试图在这场疯狂的浩劫现场重建秩序，还是没有一个人注意到躺在街心的那顶大草帽。上百辆车开过去了——坦克车、吉普车、大卡车、装甲运兵车——这些车在大街上来来往往，但是就是没有一辆车碰到哪怕一下这顶帽子。

小镇已经被攻下，而这顶帽子还是不受任何纷扰，只是静静躺在街心，如同一个神迹。

不过最后一场战斗结束以后，的确发生了一件有趣的事：这顶大草帽的温度渐渐又恢复到了几天前它从天而降时的温度。

现在这顶墨西哥大草帽又变回了零下 24 度。

诺曼·梅勒也从帽子边上路过了一次，但是他也没留心这顶帽子。他盯着这顶帽子看了几秒，如果不是后来有几个士兵跑过来问他要亲笔签名，他倒是有可能会注意到帽子的存在。

诺曼·梅勒从帽子上移开了目光，给士兵们签了名。

“谢谢你，梅勒先生。”他们说道。

诺曼·梅勒的目光从那顶帽子上挪开了，他也没有回头再看第二眼。他继续沿街行走，采访一些被关在电影院里的小镇居民。

他想搞清楚他们为什么要和整个美国的军队对着干。

他路过了那顶帽子，没有多看它一眼。

祖母

没有一个幸存者可以给出一个连贯合理的解释，说清楚到底是什么驱使他们发起暴动，如此奋不顾身地参与到一场惊人的大屠杀行动里。

他们根本不知道到底发生了什么。

这对他们而言也是一个谜团。

他们只知道一旦开始就停不下来了。

小镇的居民们如今当然都悔不当初。

而这些幸存者们也只能困惑而疲惫地摇摇头。

很多人说："我不知道我自己怎么了。"也有人说："我之前从没做过这样的事情。"

他们为身边的无数死伤者和这个几乎被完全摧毁的小镇而悲痛不已。他们也对所有被自己杀死的人感到无比愧疚。

“我觉得说什么都无法挽回这一切了。”一个老奶奶说，她也在这期间杀了人。

负责审讯她的上校不得不停下这场审问，因为老奶奶哭了起来。

“我这辈子没干过这种事。”她说着，眼泪就顺着面颊流了下来。“天啊，”她喃喃道，“天啊。”

上校只能尴尬地低下头盯着自己的脚看。

他也想不出能说点什么。

西点军校没教过他怎么处理这种情况。他也没有这方面的经验。

他只能等她别哭了。

诺曼·梅勒走过的时候，上校抬头看了一眼。

然后他又看回了那个老奶奶。

她还在哭。

上校又低头看着自己的脚。

有那么一瞬间，他突然也搞不明白自己为什么要在军队里待二十年。

“女士，不要哭了。”他劝道。

那位老奶奶看起来和他的祖母有点像。

但是劝她也没用。

她还在哭。

林肯

好了，话又说回来。

一周以后，美国总统来到小镇，发表了著名的“包扎伤口”演讲，呼吁美国人手挽手，共同迈向一个更勇敢和光荣的未来，诸如此类。

他的演讲在世界各地被卫星转播，观众比超级碗还要多。再后来他的这次演讲被重印在美国的高中课本里，和林肯的《葛底斯堡演说》齐名。

他的这场演讲里最出名的一句是这么说的：“我们正共同站在一个伟大未来的门口。让我们携手走进这个未来，上帝的荣光会像火炬一样照亮我们的道路，而上帝的仁慈与宽恕则是我们前行的道路。”

小镇被列为一个国家级的纪念遗址，变成了一个旅游胜地，镇子上的巨型公墓也被印上了数百万张明信片。

而小镇镇长，那位“车牌将军”，则被追认为英雄。没错，稀里糊涂的英雄也是英雄。在公墓里，他的墓地很显眼，墓前还有一座他自己形象的大理石雕像。

小镇被列入国家级纪念遗址的第一年，过来参观的人比去大峡谷国家公园的人还多。

白色

我猜，那么最后只剩下一个问题：那顶大草帽怎么样了？

它还在那里，就躺在街上，但是它的温度已经恢复到了零下 24 度，数百万的游客在它周围走来走去，但就是没一个人看到这顶帽子，它明明就在眼前。一个人怎么会漏看这样一顶躺在小镇主街街心的、异常冰冷的、白色的墨西哥大草帽呢？

换句话说：生活中有许多事物超出了人眼所见。

影院

在梦中雪子现在距离朋友多年前在西雅图的家只有一个街区的距离而那个美国幽默作家还在十六个街区外手里紧紧攥着一根她的头发而弄丢了这根头发以后他像疯子一样发狂寻找直到他终于冷静下来运用了自己的逻辑思考开始搜查最终找到了这根头发。

在她的梦里，雨几乎已经停了。

现在开始起雾了。

一只猫蹲在一栋老房子干燥的前廊上看着她走过那里。那是一只很漂亮的猫。这只猫距离她有六十英尺远，但是她还是可以在梦中听见它发出的呼噜呼噜的声音。

“太好玩了，”她在梦里想着，“离这么远我还可以听见小猫的呼噜声。”

然后她的梦切换成了全知视角。她从第一人称亲历这个梦境变成了第三人称。这感觉就像她坐在影院里，在梦中看着一场电影。

“我肯定在做梦，”她心想，“因为离这么远肯定听不见小猫呼噜的声音。”她也愈发意识到自己正在一场梦中，而梦的颜色和鲜明度也开始发生变化。梦境开始褪色，显得有些曝光过度。

主旋律也变成了小猫呼噜呼噜的声响。这声音越来越大，像一把轻柔的链锯。然后，在她的梦里还活着，并且作为一切你肉眼看不见的形式存在着的父亲死去了。他现在死了，但是你还是看不见他的存在。

现在，他的死亡就是你在梦里看不见的一切。但是父亲的死并没有让她伤心。他的死就摆在那儿，那已经是一个既成的事实。

她最感兴趣的还是小猫的呼噜声。她想不明白为什么猫咪的声响这么大，她在门廊那里就一直可以听到。

夜晚流逝，雪子继续做着梦，而她长长的头发反射出黑暗，如同一面镜子。

日本

现在是 11 点 15 分。

这位美国幽默作家就坐在那儿，手里攥着一根日本人的头发，他决定给自己放点音乐听一听。他一边捏着那根日本人的头发一边站起来，走到边上打开了收音机。

房间里突然之间回荡起乡村音乐和西部音乐。他喜欢乡村和西部音乐，这是他最爱的风格。他又走了回去，一屁股坐回沙发上，一边聆听那些关于心碎啊开卡车啊什么的歌，一边紧紧捏着那根日本人的头发。

他很想知道有没有什么乡村或者西部歌曲是关于爱上一个日本女人的。他觉得可能没有。这不太可能是一首乡村或者西部歌曲的主题。“也许我应该自己写一首。”他想着，然后就在脑海中开始构思起了这首歌：

她就是我的日本小女人，
我爱她爱到倾尽一切。
她的黑头发，她月光的肌肤。
我喜欢用双臂搂住她，紧紧搂住她。

他一边在脑中写这首歌，一边幻想着韦伦·詹宁斯在大奥普里剧院演唱这首歌：

她来自遥远之地。
她就是我的日本小女人。
她的黑眼睛里全是东方的神秘，
每次看进她的眼，我就如痴如醉。

韦伦·詹宁斯精彩地演绎了这首歌，他还把这首歌录制下来，成为了全美第一热门神曲。你在美国的每家酒吧和咖啡店都可以听到这首歌，也可以在每个播放着乡村和西部音乐的地方听到这首歌。它风靡一时。

他开始自言自语大声地唱起了这首歌：

她就是我的日本小女人。

而他手里还攥着那根长长的、黑色的头发。

图书在版编目(CIP)数据

天上掉下个大草帽：一部日本小说 / (美) 理查德·布劳提根著；刘博宁译. -- 北京：北京联合出版公司，2025. 4. -- ISBN 978-7-5596-8232-1

Ⅰ. I712.45

中国国家版本馆 CIP 数据核字第 2025CF6840 号

天上掉下个大草帽:一部日本小说

作　　者:[美] 理查德·布劳提根
译　　者:刘博宁
出 品 人:赵红仕
出版统筹:杨全强　杨芳州
责任编辑:李　伟
策划编辑:金子淇
装帧设计:汐和 at compus studio

北京联合出版公司出版
(北京市西城区德外大街 83 号楼 9 层　100088)
北京联合天畅文化传播公司发行
北京启航东方印刷有限公司印刷　新华书店经销
字数 48 千字　889 毫米×1194 毫米　1/32　6.875 印张　插页 2
2025 年 4 月第 1 版　2025 年 4 月第 1 次印刷
ISBN 978-7-5596-8232-1
定价:48.00 元